KB270400

박인환 전 시집

박인환 전 시집

한 잔의 술을 마시고
우리는 버지니아 울프의 생애와
목마를 타고 떠난
숙녀의 옷자락을 이야기한다

목마와 숙녀
세월이 가면

박인환 지음

스타북스

명동 멋쟁이 박인환 탄생 100주년에

2026년은 박인환 시인의 탄생 100주년이자 서거 70주년이 되는 해다.

명동의 모던보이, 명동백작으로 불리던 그의 삶과 문학을 기리기 위한 다양한 기념행사가 전국 각지에서 준비되고 있다. 서울시인협회의 시낭송 대회와 시 공모전을 비롯해 여러 문학 단체들이 앞다투어 추모의 장을 마련하고 있으며, 방송사에서도 「목마와 숙녀」를 중심으로 한 특집 프로그램을 기획하고 있다. 1950년대 한국 문화예술의 성장에 큰 발자취를 남긴 박인환을 새롭게 조명하는 움직임이 활발히 이어지기를 바라는 마음이다.

이번 시집은 박인환이 생전에 신문과 잡지에 기고했으나 기존 시집에 수록되지 않았던 작품들을 오랜 시간에 걸쳐 찾아 모은 것이다. 여기에 영화평론 한 편과 산문 세 편을 더해, 탄생 100주년을 기념하는 『박인환 전 시집』으로 엮었다.

박인환은 덕수공립소학교와 경기공립중학교를 거쳐 열아홉 살에 평양의학전문학교에 입학했다. 그러나 8·15 해방을 맞으며 학업을 중단하고, 곧바로 서울로 올라와 종로3가 낙원동 입구에서 당시 '조선의 3대 천재시인'으로 불리던 오장환이 운영하던 서점을 인수한다. 그는 이 서점에 '마리서사茉莉書肆'라는 이름을 붙였고, 이곳은 해방 이후 한국 모더니즘 시 운동의 중심지가 되었다.

마리서사는 문학과 예술인을 위한 전문 서점으로 자리 잡았다. 김광균, 김광주, 김기림, 오장환, 정지용을 비롯한 많은 시인과 소설가들이 이곳을 찾았다. '신시론' 동인의 김수영, 양병식, 김병욱, 김경린, '후반기' 동인의 조향과 이봉래, 그리고 화가 최재덕과 길영주도 이곳을 드나들며 치열한 문학적·예술적 교류를 이어갔다. 김수영과 박인환은 함께 '새로운 도시와 시민들의 합창'이라는 동인지를 발간하기도 했다. 그는 무용가 김백봉, 화가 이중섭, 연극·영화인 이해랑, 배우 김승호 등 예술계 전반에 두루 가까운 인연을 맺으며 살았다.

박인환의 시 가운데 가장 널리 알려진 작품은 단연 「목마와 숙녀」다.

'한 잔의 술을 마시고/ 우리는 버지니아 울프의 생애와…'로 시작해

'가을 바람 소리는/ 내 쓰러진 술병 속에서 목메어 우는데'로 끝나는 이 시는

시 낭송회와 문학 행사에서 가장 자주 불리는 작품이기도 하다.

또 다른 대표작 「세월이 가면」은

'지금 그 사람의 이름은 잊었지만/ 그 눈동자 입술은/ 내 가슴에 있네'로 시작해

'내 서늘한 가슴에 있네'로 끝맺으며 지금도 많은 이들의 가슴 속에 남아 있다.

「세월이 가면」은 전설 같은 일화가 전해진다. 어느 3월 초, 명동의 경상도집에서 박인환과 나애심, 이진섭, 송지영이 함께 술을 나누던 중 이진섭이 나애심에게 노래를 청하자, 나애심이 머뭇거리며 딴청을 부리는 사이 박인환이 즉석에서 시를 썼고, 이진섭은 그 자리에서 곡을 붙였다. 나애심이 노래를 부르자 주변은 금세 술렁였고, 나애심과 송지영이 나가고 뒤이어 테너 임만섭이 들어와 「세월이 가면」을 우렁차게 부르자 길가의 행인들까지 몰려들어 명동 전체가 들썩였다고 한다. 이 노래는 훗날 가수 현인과 박인희를 거치며 더욱 널리 사랑받는 명곡이 되었다.

「세월이 가면」은 발표된 지 일주일 남짓 지나 박인환이 세상을 떠나면서 그의 마지막 시가 되었고, 첫 구절인 "지금 그 사람 이름은 잊었지만 그 눈동자 입술은 내 가슴에 있네"는 그의 묘비에 새겨져 있다.

박인환은 국내 시인 가운데 누구보다도 초현실주의 시인 이상李箱을 사랑했다. 매년 3월 17일을 '이상의 기일'이라 여기며 지인들과 모여 그의 문학을 기리며 술을 마셨다. 그러나 이상이 실제로 세상을 떠난 날은 1937년 4월 17일 새벽이었다. 그렇게 나흘 동안 이어진 과음은 결국 박인환의 급성 알코올성 심장마비로 이어졌고, 그는 1956년 3월 20일 밤 9시, 자택에서 갑작스러운 통증을 호소하며 눈을 감았다.

장례식 날, 문화예술계의 많은 문우와 명동의 지인들이 모여 울음을 삼키며 그를 떠나보냈다. 그 자리에서 모윤숙은 추모시를, 조병화는 조시를 낭독했다고 한다.

" … / 너는 누구보다도 멋있게 살고 멋있는 시를 쓰고 언제나 어린애와 같은 흥분 속에서 인생을 지내왔다 / 인환이, / 네가 없는 명동, 네가 없는 서울, 서울의 밤거리, 네가 없는 술집, 찻집, 영화관, 참으로 너는 정들다만 애인처럼 소리 없이 가는구나. / … ”

망우리 묘지로 향하는 길에는 수많은 친구들과 선후배들이 따랐고, 관속에는, 생전에 그가 좋아했던 조니 워커와 카멜 담배가 관속에 함께 넣어주고 나서 흙을 덮었다고 한다.

그로부터 어느새 70년이 흘렀다.

그러나 박인환의 문학은 아직 온전히 제 평가를 받지 못한 채 남아 있다. 박인환과 모더니즘을 지향하며 동인 활동을 했던 김수영조차 "서구 유행에 경도된 경박한 감상주의자"라며 혹평을 남겼고, 주류 문단에서도 박인환의 시를 허무주의로만 단정해 깎아내리곤 했다. 이렇듯 그는 오랫동안 문단의 중심에서 배제된 채 평가절하 되어 있었다.

이제 탄생 100주년을 맞아, 시인 박인환의 문학이 새롭게 조명되기를 바란다. 그의 모든 시가 정확히, 널리 읽히고 바르게 연구되기를 기대한다. 그리고 박인환이 숨쉬며 사랑하고 아파했던 그 거리, 그 도시 위로 다시금 시의 향기가 물씬 풍겨나기를 진심으로 기원한다.

『박인환 전 시집』 독자들에게

올해 2026년은 박인환 시인의 탄생 100주년, 그리고 서거 70주년을 맞는 해이다. 박인환 시인은 생전에 이상李箱을 너무나 좋아해 그를 기리는 추모회를 주선하고 사흘 내내 폭음하다가 1956년 3월 20일 갑자기 작고했다.

이 시집은 박인환 시인의 탄생 100주년을 기념하여 신문잡지 등에 기고했던 미출간 작품들을 찾아 실었고, 영화를 사랑한 박인환의 영화 평론과 세 편의 수필을 함께 수록하였다. 그는 「목마와 숙녀」 「세월이 가면」의 전설에서 이끌어내, 1950년대 전후문학인 모더니즘의 선봉에서 활약하던 '시인'이다. 박인환 시인은 시대를 이끈 주역이었고 수많은 시인과 화가 그리고 연극과 영화계의 많은 사람들과 교류한 명동의 멋쟁이 시인이었다.

박인환 시인은 생전에 첫 시집 제목을 『검은 준열峻烈의 시대』로 붙이고 싶어 했다. 1954년 9월에 동문사東文社에서 이 제목으로 시집을 출간한다는 예고 광고까지 하였으나 성공하지 못했고 이듬해인 1955년 10월 15일 장만영 시인이 운영하던 산호장에서 『박인환 선시집』으로 출간하게 되었다. 시집에는 "아내 丁淑(정숙)에게 보낸다"는 헌사獻詞가 담겨 있고 '저자의 말' 마지막에 "끝으로 뜻깊은 조국의 해방을 10주년째 맞이하는 가을날 부완혁夫琓爀 선생과 이형우李亨雨 씨의 힘으로 나의 최초의 선시집選詩集을 간행刊行하게 된 것을 감사感謝하는 바이다."라고 씌어있다.

시집은 다음과 같은 방식으로 꾸렸다.

1. 박인환 시인이 발표한 시 원문에 충실하였다. 그러나 원문을 훼손하지 않는 범위에서 맞춤법과 외국 인人지명地名 등은 현행 맞춤법을 따랐다. 연구가나 전문 시인들보다 일반 독자를 대상으로 출간하는 시집이기 때문이다. 다만 박인환 시인이 구사한 독특한 단어나 용법은 살렸다.

2. 이 시집에 수록된 작품 2편은 출처 미상, 스크랩 상태이기는 하지만 시의 형식과 내용이 박인환의 시라고 판단되어 수록하고 주를 달았다. 『박인환 전 시집』은 지금까지 출간된 박인환전집의 여러 판본도 참고하였지만 2015년에 출간된 엄동섭 염철님이 엮은 『박인환문학전집』의 자료에 힘입은 바가 크다. 시뿐만 아니라 박인환 전 작품을 발굴, 정리하여 완전체 전집 출간 작업을 진행하는 근대서지학회 회원들의 노고에 감사한다.

3. 시는 내용에 따라 6부로 나누어 실었다. 첫 발표작부터 마지막 작품까지 발표순으로 수록하는 것은 쉽다. 그러나 시를 쓴 시점과 시집 등에 수록한 시기가 서로 달라 발표순으로 싣는 기계적인 방법보다 박

인환 시인을 좀 더 깊이 있게 이해하기 위해서 주제별로 분류하는 것이 좋다고 판단하였다.

1부에는 사회 참여에 적극적인 사회주의자로서의 면모를 볼 수 있는 시, 2부에는 6.25 한국전쟁을 겪는 가족과 사회, 1950년대 소시민의 풍경을 보여 주는 작품, 3부에는 미국 여행 체험을 통한 '아메리카 시편'과 여행과 외국에 대한 시, 4부에는 6.25를 겪으면서 일견 반공주의자로 변모하는 시인의 모습을 볼 수 있는 작품, 5부에는 작품 수는 많지 않지만 고향과 계절, 자연을 노래한 서정적인 작품들과 신문잡지 등에 기고했던 미출간 작품들을 찾아 수록하였으며, 마지막 6부에는 영화를 사랑하는 박인환의 영화평론 한 편과 대표적 산문 세 편을 함께 수록하였다.

4. 끝으로 박인환을 좋아하고 더 깊이 알고 싶어 하는 분들을 위해 〈박인환 시 발표순 목록〉과 〈박인환 연보〉 그리고 문학평론가 조명제 박사가 쓴 〈조명제 교수의 시인 박인환〉과 민윤기 시인의 〈박인환 시를 위한 여행〉을 권말에 수록하였다.

1 사회 참여의 적극적인 면모를 보여주는 시

사회 참여의 적극적인 면모를 보여주는 시

남풍

거북이처럼 괴로운 세월이
바다에서 올라온다

일찍이 의복을 빼앗긴 토민土民
태양 없는 마레*
너의 사랑이 백인白人의 고무원園에서
소형素馨*처럼 곱게 시들어졌다

민족의 운명이
크메르 신의 영광과 함께 사는
앙코르와트의 나라
월남 인민군
멀리 이 땅에도 들려오는
너희들의 항쟁의 총소리

가슴 부서질 듯 남풍이 분다
계절이 바뀌면 태풍은 온다

아시아 모든 위도緯度
잠든 사람이여
귀를 기울여라

마레
말레이시아.

소형
재스민.

눈을 뜨면
남방南方의 향기가
가난한 가슴팍으로 스며든다

자본가에게

나는 너희들의 매니페스토의 결함을 지적한다
그리고 모든 자본이 붕괴한 다음
태풍처럼 너희들을 휩쓸어 갈
위험성이
파장波長처럼 가까워진다는 것도

옛날 기사技師가 도주하였을 때
비행장에 궂은비가 내리고
모두 목메어 부른 노래는
밤의 말로末路에 불과하였다.

그러므로 자본가여
새삼스럽게 문명을 말하지 말라
정신과 함께 태양이 도시를 떠난 오늘
허물어진 인간의 광장에는
비둘기 떼의 시체가 흩어져 있었다.

신작로를 바람처럼 굴러간
기체機體의 중축中軸은
어두운 외계 절벽 밑으로 떨어지고
조종자의 얇은 작업복이
하늘의 구름처럼 남아 있었다.

잃어버린 일월日月의 선명한 표정들
인간이 죽은 토지에서

타산치 말라
문명의 모습이 숨어 버린 황량한 밤
성안成案은
꿈의 호텔처럼 부서지고
생활과 질서의 신조信條에서 어긋난
최후의 방랑은 끝났다.

지금 옛날 촌락을 흘려버린
슬픈 비는 내린다.

고리키의
달밤

기복起伏하던
청춘의 산맥은
파도 소리처럼 멀어졌다.

바다를 헤쳐 나온 북서풍
죽음의 거리에서 헤매는
내 성격을 또다시 차디차게 한다.

이러한 시간이라도
산간山間에서 남모르게 솟아나온
샘물은
왼쪽 바다
황해로만 기울어진다.

소낙비가 음향처럼 흘러간 다음
지금은 조용한
고리키의 달밤

오막살이를 뛰어나온
파펠*들의 해머는
눈을 가로막은 안개를 부순다.

파펠
막심 고리키의 소설
「어머니」에 나오는
인물 이름에 '파벨
블라소프'가 있다.

새벽이 가까웠을 때
해변에는
발자국만이 남아 있었다

정박한 기선汽船은 군대를 끌고
포탄처럼
내 가슴을 뚫고 떠났다.

인도네시아
인민에게
주는 시

동양의 오케스트라
가메란*의 반주악伴奏樂이 들려온다
오 약소민족
우리와 같은 식민지의 인도네시아

삼백 년 동안 너의 자원은
구미歐美 자본주의 국가에 빼앗기고
반면 비참한 희생을 받지 않으면
구라파歐羅巴의 반半이나 되는 넓은 땅에서
살 수 없게 되었다 그러는 사이
가메란은 미칠 듯이 울었다

홀랜드*의 오십팔 배나 되는 면적에
홀랜드 인은 조금도 갖지 않은 슬픔을
밀림처럼 지니고
칠천 칠십삼만 인七千七十三萬人 중 한 사람도
빛나는 남십자성은 쳐다보지도 못하며 살아왔다

수도 족자카르타*
상업항 스라바야
고원 분지의 중심지 반돈의 시민이여
너희들의 습성이 용서하지 않는
남을 때리지 못하는 것은
회교정신에서 온 것만이 아니라
동인도회사가 붕괴한 다음

가메란
인도네시아 전통
악기.

족자카르타
자바 섬 주도.

홀랜드
오란다.

홀랜드의 식민정책 밑에
모든 힘까지도 빼앗긴 것이다

사나이는 일할 곳이 없었다 그러므로
약한 여자들이 백인 아래 눈물 흘렸다
수만의 혼혈아는
살길을 잊어 애비를 찾았으나
스라바야를 떠나는 상선商船은
벌써 기적을 울렸다

홀랜드 인은 포르투갈이나 스페인처럼
사원寺院을 만들지는 않았다
영국인처럼 은행도 세우지 않았다
토인土人은 저축심이 없을 뿐만 아니라
저축할 여유란 도무지 없었다
홀랜드 인은 옛말처럼 도로를 닦고
아시아의 창고에서 임자 없는 사이
자원을 본국으로 끌고만 갔다

주거와 의식은 최저도最抵度
노예적 지위는 더욱 심하고
옛과 같은 창조적 혈액은 완전히 부패하였으나
인도네시아 인민이여
생의 영광은 홀랜드의 소유만이 아니다

마땅히 요구할 수 있는 인민의 해방
세워야 할 늬들의 나라
인도네시아 공화국은 성립하였다 그런데
연립 임시 정부란 또다시 박해다
지배권을 회복하려는 모략을 부숴라
이제는 식민지의 고아가 되면 못쓴다
전 인민은 일치단결하여 스콜처럼 부서져라
국가방위와 인민전선을 위해 피를 뿌려라
삼백 년 동안 받아온
눈물겨운 박해의 반응으로
너의 조상이 남겨 놓은
야자나무의 노래를 부르며
홀랜드 군의 기관총 진지에 뛰어들어라

제국주의의 야만적 제재는
너희뿐만 아니라 우리의 모욕
힘 있는 대로 영웅되어 싸워라
자유와 자기 보존을 위해서만이 아니고
야욕과 폭압과 비민주적인
식민정책을
지구에서 부숴내기 위해
반항하는 인도네시아 인민이여
최후의 한 사람까지 싸워라

참혹한 몇 달이 지나면

피 흘린 자바 섬에는
붉은 칸나꽃이 피려니
죽음의 보람이 남해의 태양처럼
조선에 사는 우리에게도 빛이려니
해류가 부딪히는 모든 육지에선
거룩한 인도네시아 인민의
내일을 축복하리라

사랑하는 인도네시아 인민이여
고대 문화의 대유적 보로부두르*의 밤
평화를 울리는 종소리와 함께
가메란에 맞추어 스림피*로
새로운 나라를 맞이하여라

보로부두르
인도네시아 불교
유적.

스림피
자바의 전통무용.

서적과
풍경

서적은 황폐한 인간의 풍경에 광채를 띠웠다.
서적은 행복과 자유와 어떤 지혜를
인간에게 알려 주었다.

지금은 살육의 시대
침해된 토지에서는 인간이 죽고
서적만이
한없는 역사를 이야기해 준다.

오래도록 사회가 성장하는 동안
활자는 기술과 행렬의 혼란을 이루었다.
바람에 퍼덕이는 여러 페이지들
그 사이에는
자유 불란서 공화국의 수립
영국의 산업혁명
F. 루즈벨트 씨의 미소와 아울러
뉴기니아와 오키나와를 걸쳐
전함 미주리호*에 이르는 인류의 과정이
모두 가혹한 회상을 동반하며 나타나는 것이다.
내가 옛날 위대한 반항을 기도하였을 때
서적은 백주白晝의 장미와 같은
창연蒼然하고도 아름다운 풍경을
마음속에 그려 주었다.
소련에서 돌아온 앙드레 지드 씨
그는 진리와 존엄에 빛나는 얼굴로

자유는 인간의 풍경 속에서

가장 중요한 요소이며

우리는 영원한 풍경을 위해

자유를 옹호하자고 말하고

한국에서의 전쟁이 치열의 고조에

달하였을 적에

모멸과 연옥의 풍경을

응시하며 떠났다.

1951년의 서적

나는 피로한 몸으로 백설을 밟고 가면서

이 암흑의 세대를 휩쓰는

또 하나의 전율이

어디 있는가를 탐지하였다.

오래도록 인간의 힘으로 인간인 때문에

위기에 봉착된 인간의 최후를

공산주의의 심연에서 구출하고자

현대의 이방인 자유의 용사는

세계의 한촌寒村 한국에서 죽는다.

스코틀랜드에서 애인과 작별한 R. 지미 군

잔다르크의 전기를 쓴 페르디난드 씨

태평양의 밀림과 여러 호소湖沼의 질병과 싸우고

바탄과 코레히도르*의 준열峻烈의 신화를

자랑하던 톰 미첨 군

이들은 한 사람이 아니다. 신의 제단에서

인류만의 과감한 행동과 분노로
사랑도 기도도 없이
무명고지 또는 무명계곡에서 죽었다.

나는 눈을 감는다.
평화롭던 날 나의 서재에 군집했던
서적의 이름을 외운다.
한 권 한 권이
인간처럼 개성이 있었고
죽어 간 병사처럼 나에게 눈물과
불멸의 정신을 알려 준 무수한 서적의 이름을…
이들은 모이면 인간이 살던
원야原野와 산과 바다와 구름과 같은
인상의 풍경을 내 마음에 투영해 주는 것이다.
지금 싸움은 지속된다.
서적은 불타오른다.
그러나 서적과 인상의 풍경이여
너의 구원久遠한 이야기와 표정은 너만의 것이 아
　　니다.

F. 루스벨트 씨가 죽고
더글러스 맥아더가 육지에 오를 때
정의의 불을 토하던
여러 함정과 기총과 태평양의 파도는 잔잔하였다.
이러한 시간과 역사는

또다시 자유 인간이 참으로 보장될 때
반복될 것이다.
비참한 인류의
새로운 미주리호에의 과정이여
나의 서적과 풍경은
내 생명을 건 싸움 속에 있다.

거리

나의 시간에 스콜과 같은 슬픔이 있다.
붉은 지붕 밑으로 향수鄕愁가 광선을 따라가고
한없이 이름다운 계절이
운하의 물결에 씻겨 갔다.

아무 말도 하지 말고
지나간 날의 동화童話를 운율에 맞춰
거리에 화액花液을 뿌리자
따뜻한 풀잎은 젊은 너의 탄력같이
밤을 지구 밖으로 끌고 간다.

지금 그곳에는 코코아의 시장市場이 있고
과실처럼 기억만을 아는 너의 음향이 들린다.
소년들은 뒷골목을 지나 교회에 몸을 감춘다.
아세틸렌 냄새는 내가 가는 곳마다
음영陰影같이 따른다.

거리는 매일 맥박을 닮아 갔다.
베링 해안 같은 나의 마을이
떨어지는 꽃을 그리워한다.
황혼처럼 장식한 여인들은 언덕을 지나
바다로 가는 거리를 순백純白한 식장式場으로 만든다.

전정戰庭의 수목 같은 나의 가슴은
베고니아를 꺼안고 기류氣流 속을 나온다.

망원경으로 보던 천만千萬의 미소를 회색 외투에 싸
언 크리스마스의 밤길로 걸어 보내자.

정신의 행방을 찾아

선량한 우리의 조상은
투르키스탄 광막廣漠한 평지에서
근대정신을 발생시켰다.
그러므로 폭풍 속의 인류들이여
홍적세기洪績世紀의 자유롭던 수륙水陸 분포를
오늘의 문명 불모의 지구와 평가할 때
우리가 보유하여 온 순수한 객관성은 가치가 없다.

중화민국 광서성 북경 근교
자바(피테칸트로푸스)를 가리켜
전란과 망각의 토지라 함이
인류의 고뇌를 지적할 수 있는 것이다.
미래에의 수목처럼 기억에 의지되어 세월을 등지고
육체와 노예 –
어제도 오늘도 전지戰地에서 사라진 사고思考의 비극.

영원의 바다로 밀려간 반란의 눈물.
화산처럼 열을 토하는 지구의 시민.
냉혹한 자본의 권한에 시달려
또다시 자유정신의 행방을 찾아
추방, 기아
오 한없이 이동하는 운명의 순교자.
사랑하는 사람의 의상마저
이미 생명의 외접선外接線에서 폭풍에 날아갔다.

온 세상에 피의 비와 종소리가 그칠 때
시끄러운 시대는 어디로 가나.
강렬한 싸움 속에서
자유와 민족이 이지러지고
모든 건축과 원시_{原始}의 평화는
새로운 증오에 쓰러져 간다.
아 오늘날 모든 시민은
정막한 생명의 존속을 지킬 뿐이다.

열차

궤도 위에 철의 풍경을 질주하면서
그는 야생野生한 신시대의 행복을 전개한다.
스티븐 스펜더*

폭풍이 머문 정거장 거기가 출발점
정력과 새로운 의욕 아래
열차는 움직인다.
격동의 시간
꽃의 질서를 버리고
공규空閨한 나의 운명처럼
열차는 떠난다.
검은 기억은 전원에 흘러가고
속력은 서슴없이 죽음의 경사傾斜를 지난다.

청춘의 복받침을
나의 시야에 던진 채
미래에의 외접선外接線을 눈부시게 그으며
배경은 핑크빛 향기로운 대화.
깨진 유리창 밖 황폐한 도시의 잡음을 차고
율동하는 풍경으로
활주滑走하는 열차
가난한 사람들의 슬픈 관습과
봉건의 터널 특권의 장막을 뚫고
피비린 언덕 넘어 곧
광선의 진로를 따른다.

스티븐 스펜더
T.S. 엘리엇과 함께
영국을 대표하는
시인.

다음 헐벗은 수목의 집단 바람의 호흡을 안고
눈이 타오르는 처음의 녹지대
거기엔 우리들의 황홀한 영원의 거리가 있고
밤이면 열차가 지나온
커다란 고난과 노동의 불이 빛난다.
혜성보다도
아름다운 새날보담도 밝게.

벽

그것은 분명히 어제의 것이다
나와는 관련이 없는 것이다.
우리들이 헤어질 때에
그것은 너무도 무정하였다.

하루 종일 나는 그것과 만난다
피하면 피할수록
더욱 접근하는 것
그것은 너무도 불길不吉을 상징하고 있다
옛날 그 위에 명화가 그려졌다 하여
즐거워하던 예술가들은
모조리 죽었다.

지금 거기엔 파리와
아무도 읽지 않고
아무도 바라보지 않는
격문과 정치 포스터가 붙어 있을 뿐
나와는 아무 인연이 없다.

그것은 감성도 이성도 잃은
멸망의 그림자
그것은 문명과 진화를 장해하는
사탄의 사도
나는 그것이 보기 싫다.
그것이 밤낮으로

나를 가로막기 때문에
나는 한 점의 피도 없이
말라 버리고
여왕이 부르시는 노래와
나의 이름도 듣지 못한다.

학살된 신화*

전쟁에서
돌아오지 않는
동생에게

아침에서 밤으로

거대한 기업의 도시 도시에는

천백千百의 못에 박힌 전선에다

공포를 선전한다.

무서운 재화災禍와 들리지 않는 폭음을 싣고서

깊은 대리석 지층으로도,

이 봄날의 포도 위로도,

우연한 반향음이 달음질치며 몸서리친다.

이 항구에서 저 대륙으로

새로운 군상은 소란 속에 고함치며

비장한 열화 같은 은행에 모여든다.

학살되려는 백만百萬의 눈과 눈,

떨리는 수족, 피 묻은 가슴,

그들이 다니던 사원과 교회당은

수많은 잔해가 누적되어 있고,

그들은 망령과 같이 세계의 단편을 다시 주워 가며

매연에 흐려진 한 줄기 길을 찾아

지평선으로 사라진다.

그 무엇이 이 세계로 사라져 가고 있다.

그 무엇이 이 세계를 눈가림하고 있다.

놀란 세계의 집집 언덕 위에는

고대의 판화도

선조들의 초상도

어지신 성모 마리아 상도

* 출처는 미상.
스크랩 자료.

그 자취를 감춰 버렸다.

이미 전설의 나라로 흘러간 Europe garante.
야수와 같이 앉은 저 뉴욕, 모스크바, 런던, 베를린,
어떠한 심장에 무장되어 있음인지
그 눈먼 칼자루를 잡으려고
모든 고문서古文書는 새로이 주조되고 말았다.

신화 속에 숨쉬는
동방의 별들은 어디로 숨어버렸는가.
Colonial Complex에서 해방시킨 생불生佛님.
지금 어느 심산에 숨어 가며
내일에의 더 큰 꿈을 염불하고 있는가.

모든 사람은 암담한 하늘 아래에서
가지고 온 무기와 역사를 던져 버리고
보이지 않는 도시의 거리를 헤엄쳐 가며
지나간 여름의 장미의 추억을 안고
피에 젖은 옷을 걸쳐 입고
달빛 아래에서 다시금 잠들려 한다.

그 무엇이 이 세계를 눈가림하고 있다.
그 무엇이 이 세계로 사라져 가고 있다.

**미래의
창부**娼婦

――――――

새로운 신에게

여윈 목소리로 바람과 함께
우리는 내일을 약속하지 않는다.
승객이 사라진 열차 안에서
오 그대 미래의 창부여
너의 희망은 나의 오해와
감흥만이다.

전쟁이 머무른 정원에
설레며 다가드는
불운한 편력의 사람들
그 속에 나의 청춘이 자고
희망이 살던
오 그대 미래의 창부여
너의 욕망은
나의 질투와 발광만이다.

향기 짙은 젖가슴을
총알로 구멍 내고
암흑의 지도 고절孤絶된 치마 끝을
피와 눈물과
최후의 생명으로 이끌며
오 그대 미래의 창부여
너의 목표는 나의 무덤인가.
너의 종말도 영원한 과거인가.

1950년의 만가輓歌

불안한 언덕 위로

나는 바람에 날려 간다.

헤아릴 수 없는 참혹한 기억 속으로

나는 죽어 간다.

아 행복에서 차단된

지폐처럼 더럽힌 여름의 호반

석양처럼 타올랐던 나의 욕망과

예절 있는 숙녀들은 어디로 갔나.

불안한 언덕에서

나는 음영처럼 쓰러져 간다.

무거운 고뇌에서 단순單純으로

나는 죽어 간다.

지금은 망각의 시간.

서로 위기의 인식과 우애友愛를 나누었던

아름다웠던 연대年代를 회상하면서

나는 하나의 모멸의 개념처럼 죽어 간다.

2

6.25를 겪은 가족과
사회를 보여주는 시

<table>
<tr><td valign="top">침울한
바다</td><td>

그러한 잠시
그 들창에서 울던 숙녀는
오늘의 사람이 아니다.

목마의 방울 소리.
또한 번갯불
이지러진 길목.
다시 돌아온다 해도
그것은 사랑을 지니지 못했다.

해야, 새로운 암흑아
네 모습에
살던 사랑도
죽던 사람도
잊어버렸구나.

침울한 바다.
사랑처럼 보기 싫은
오늘의 사람.
그 들창에
지나간 날과 침울한 바다와 같은
나만이 있다.

</td></tr>
</table>

어린
딸에게

기총과 포성의 요란함을 받아가면서
너는 세상에 태어났다 주검의 세계로
그리하여 너는 잘 울지도 못하고
힘없이 자란다.

엄마는 너를 껴안고 삼 개월 간에
일곱 번이나 이사를 했다.

서울에 피의 비와
눈바람이 섞여 추위가 닥쳐 오던 날
너는 입은 옷도 없이 벌거숭이로
화차貨車 위 별을 헤아리면서 남으로 왔다.

나의 어린 딸이여 고통스러워도 애소哀訴도 없이
그대로 젖만 먹고 웃으며 자라는 너는
무엇을 그리우느냐.

너의 호수처럼 푸른 눈
지금 멀리 적을 격멸하러 바늘처럼 가느다란
기계는 간다. 그러나 그림자는 없다.

엄마는 전쟁이 끝나면 너를 호강시킨다 하나
언제 전쟁이 끝날 것이며
나의 어린 딸이여 너는 언제까지나
행복할 것인가.

전쟁이 끝나면 너는 더욱 자라고
우리들이 서울에 남은 집에 돌아갈 적에
너는 네가 어디서 태어났는지도 모르는
그런 계집애.

나의 어린 딸이여
너의 고향과 너의 나라가 어디 있는냐
그때까지 너에게 알려 줄 사람이
살아 있을 것인가.

세 사람의
가족

나와 나의 청순한 아내
여름날 순백한 결혼식이 끝나고
우리는 유행품으로 화려한
상가의 쇼윈도를 바라보며 걸었다.

전쟁이 머물고
평온한 지평에서
모두의 단편적인 기억이
비둘기의 날개처럼 솟아나는 틈을 타서
우리는 내성內省과 회한에의 여행을 떠났다.

평범한 수확의 가을
겨울은 백합처럼 향기를 풍기고 온다.
죽은 사람들은 싸늘한 흙 속에 묻히고
우리의 가족은 세 사람.

토르소의 그늘 밑에서
나의 불운한 편력인 일기책이 떨고
그 하나하나의 지면은
음울한 회상의 지대로 날아갔다.

아 창백한 세상과 나의 생애에
종말이 오기 전에
나는 고독한 피로에서
빙화氷花처럼 잠든 지나간 세월을 위해

시를 써 본다.

그러나 창밖
암담한 상가
고통과 구토가 동결된 밤의 쇼윈도
그 곁에는
절망과 기아의 행렬이 밤을 새우고
내일이 온다면
이 정막靜寞의 거리에 폭풍이 분다.

**센티멘털
저니**

주말여행
엽서… 낙엽…
낡은 유행가의 설움에 맞추어
피폐한 소설을 읽던 소녀.

이태백의 달은
울고 떠나고
너는 벽화에 기대어
담배를 피우는 숙녀.

카프리 섬의 원정園丁
파이프의 향기를 날려 보내라
이브는 내 마음에 살고
나는 그림자를 잡는다.

세월은 관념
독서는 위장
그저 죽기 싫은 예술가.

오늘이 가고 또 하루가 온들
도시에 분수는 시들고
어제와 지금의 사람은
천상天上 유사有事를 모른다.

술을 마시면 즐겁고
비가 내리면 서럽고

분별이여 구분이여.

수목은 외롭다
혼자 길을 가는 여자와 같이
정다운 것은 죽고
다리 아래 강은 흐른다.

지금 수목에서 떨어지는 엽서
긴 사연은
구름에 걸린 달 속에 묻히고
우리들은 여행을 떠난다
주말여행
별말씀
그저 옛날로 가는 것이다.

아 센티멘털 저니
센티멘털 저니

주말週末

산길을 넘어가면
별장.
주말의 노래를 부르며
우리는 술을 마시고
주인은
얇은 소설을 읽는다.
오늘의 뱀아
저기 쏟아지는 분수를 마셔

그늘이 가린 언덕 아래
어린 여자의 묘지
거기서 들려오는
찬미가讚美歌.
칫솔로 이를 닦는
이름 없는 영화배우
…공포의 보수*…
…니트로글리세린…
…과테말라 공화국의 선인장…
일요판 「니폰타임스」의 잉크 냄새.
별장에도
폭포는 요란하고
라디오의 찢어진 음악이 그칠 줄 모른다.
주인은 잠이 들었고,
우리는 산길을 내려간다.

공포의 보수
앙리 조르주 클루조 감독이 연출한 스릴러 영화. 니트로글리세린, 선인장 등이 이 영화의 소재로 사용되었다.

약속

먹을 것이 없어도
배가 고파도
우리는 살아 나갈 것을
약속합시다.
떨어진 신발
무릎이 보이는 옷을 걸치고
우리는 열심히 배울 것을
약속합시다.
세상은 그리 아름답지
못하나
푸른 하늘과 내
마음은 영원한 것
오직 약속에서 오는
즐거움을 기다리면서
남보다 더욱 진실히
살아 나갈 것을
약속합시다.

목마와 숙녀

한 잔의 술을 마시고
우리는 버지니아 울프의 생애와
목마를 타고 떠난 숙녀의 옷자락을 이야기한다
목마는 주인을 버리고 그저 방울 소리만 울리며
가을 속으로 떠났다 술병에서 별이 떨어진다
상심傷心한 별은 내 가슴에 가볍게 부서진다
그러한 잠시 내가 알던 소녀는
정원의 초목 옆에서 자라고
문학이 죽고 인생이 죽고
사랑의 진리마저 애증의 그림자를 버릴 때
목마를 탄 사랑의 사람은 보이지 않는다
세월은 가고 오는 것
한때는 고립을 피하여 시들어 가고
이제 우리는 작별하여야 한다
술병이 바람에 쓰러지는 소리를 들으며
늙은 여류작가의 눈을 바라다보아야 한다
…등대燈臺*에…
불이 보이지 않아도
그저 간직한 페시미즘의 미래를 위하여
우리는 처량한 목마木馬 소리를 기억하여야 한다
모든 것이 떠나든 죽든
그저 가슴에 남은 희미한 의식을 붙잡고
우리는 버지니아 울프의 서러운 이야기를 들어야
    한다
두 개의 바위틈을 지나 청춘을 찾은 뱀과 같이

등대
1927년에 발표한 버지니아 울프의 소설 제목이 「등대로」이다.

눈을 뜨고 한 잔의 술을 마셔야 한다
인생은 외롭지도 않고
그저 잡지의 표지처럼 통속하거늘
한탄할 그 무엇이 무서워서 우리는 떠나는 것일까
목마는 하늘에 있고
방울 소리는 귓전에 철렁거리는데
가을바람 소리는
내 쓰러진 술병 속에서 목메어 우는데

세월이 가면

지금 그 사람 이름은 잊었지만
그 눈동자 입술은
내 가슴에 있네.

바람이 불고
비가 올 때도
나는
저 유리창 밖 가로등
그늘의 밤을 잊지 못하지

사랑은 가고 옛날은 남는 것
여름날의 호숫가 가을의 공원
그 벤치 위에
나뭇잎은 떨어지고
나뭇잎은 흙이 되고
나뭇잎에 덮여서
우리들 사랑이
사라진다 해도…

지금 그 사람 이름은 잊었지만
그 눈동자 입술은
내 가슴에 있네.

내 서늘한 가슴에 있네.

불행한 신　　오늘 나는 모든 욕망과

사물에 작별하였습니다.

그래서 더욱 친한 죽음과 가까워집니다.

과거는 무수한 내일에

잠이 들었습니다.

불행한 신

어디서나 나와 함께 사는

불행한 신

당신은 나와 단둘이서

얼굴을 비벼 대고 비밀을 다 터놓고

오해나

인간의 체험이나

고절孤節된 의식意識에

후회하지 않을 것입니다.

또다시 우리는 결속되었습니다.

황제의 신하처럼 우리는 죽음을 약속합니다.

지금 저 광장의 전주電柱처럼 우리는 존재됩니다.

쉴 새 없이 내 귀에 울려 오는 것은

불행한 신 당신이 부르시는

폭풍입니다.

그러나 허망한 천지 사이를

내가 있고 엄연히 주검이 가로놓이고

불행한 당신이 있으므로

나는 최후의 안정을 즐깁니다.

잠을
이루지
못하는 밤

넓고 개체 많은 토지에서
나는 더욱 고독하였다.
힘없이 집에 돌아오면 세 사람의 가족이
나를 쳐다보았다. 그러나
나는 차디찬 벽에 붙어 회상에 잠긴다.

전쟁 때문에 나의 재산과 친우가 떠났다.
인간의 이지理知를 위한 서적 그것은 잿더미가 되고
지난날의 영광도 날아가 버렸다.
그렇게 다정했던 친우도 서로 갈라지고
간혹 이름을 불러도 울림조차 없다.
오늘도 비행기의 폭음이 귀에 잠겨
잠이 오지 않는다.

잠을 이루지 못하는 밤을 위해 시를 읽으면
공백한 종이 위에
그의 부드럽고 원만하던 얼굴이 환상처럼 어린다.
미래에의 기약도 없이 흩어진 친우는
공산주의자에게 납치되었다.
그는 사자死者만이 갖는 속도로
고뇌의 세계에서 탈주하였으리라.

정의의 전쟁은 나로 하여금 잠을 깨운다.
오래도록 나는 망각의 피안에서 술을 마셨다.
하루하루가 나에게 있어서는

비참한 축제이었다.
그러나 부단한 자유의 이름으로서
우리의 뜰 앞에서 벌어진 싸움을 통찰할 때
나는 내 출발이 늦은 것을 고한다.

나의 재산… 이것은 부스럭지
나의 생명… 이것도 부스럭지
아 파멸한다는 것이 얼마나 위대한 일이냐.

마음은 옛과는 다르다. 그러나
내게 달린 가족을 위해 나는 참으로 비겁하다
그에게 나는 왜 머리를 숙이며 왜 떠드는 것일까.
나는 나의 말로를 바라본다.
그리하여 나는 혼자서 운다.

이 넓고 개체 많은 토지에서
나만이 지각이다
언제 죽을지도 모르는 나는
생에 한없는 애착을 갖는다.

**1953년의
여자에게**

유행은 섭섭하게도
여자들에게서 떠났다.
왜?
그것은 스스로 기원을 찾기 위하여

어떠한 날
구름과 환상의 접경을 더듬으며
여자들은
불길한 옷자락을 벗어 버린다.

회상의 푸른 물결처럼
고독은 세월에 살고
혼자서 흐느끼는
해변의 여신과도 같이
여자들은 완전한 시간을 본다.

황막한 연대年代여
거품과 같은 허영이여
그것은 깨어진 거울의 여윈 인상.
필요한 것과
소모의 비례比例를 위하여
전쟁은 여자들의 눈을 감시한다.
코르셋으로 침해된 건강은
또한 유행은 정신의 방향을 봉쇄한다.

여기서 최후의 길손을 바라볼 때
허약한 바늘처럼
바람에 쓰러지는
무수한 육체
그것은 카인의 정부情婦보다
사나운 독을 풍긴다.

출발도 없이
종말도 없이
생명은 부질하게도
여자들에게서 어두움처럼 떠나는 것이다.
왜?
그것을 대답하기에는
너무도 준열한 사회가 있었다.

**무희舞姬가
온다
하지만**

유리창 밖에는

바람이 부는 계절이 있었다.

그러한 날

몇 잔의 양주를 마시고

아메리카에서 오는 무희의 이야기를

우리는 하고 있는 것이다.

보잘것없는 시인과 정다운

이야기를 주고받는 젊은 경찰관은

마치 그레이엄 그린의 주인공 스코비*와 같은 웃
　　음을 띤다.

아메리카에서 오는 무희는

유리창 밖에 오지는 않을 것이다.

저 들창에는 아직 즐거움은

나타난 적이 없으며

우리는 결코 바라지도 못하는 일이다.

몇 잔의 술의 힘을 빌려

그저 나는 젊은 경찰관에게

스코비처럼 자살해 보라고

외쳐 보았다.

손쉽게 말하면

그분은 결혼도 하지 못했고

밀수업자나 정부情婦를 알지 못한다.

나의 시를 읽고

가을 속에 바람을 따르며

스코비
그레이엄 그린의
소설 「사건의 핵심」
주인공.

뿐이다
원문은 '베고이다'로
되어 있는데 정확한
뜻을 알 수 없다.
앞뒤 문장으로
미루어 '뿐이다'로
해석하였다.

청춘이 가는 것을 안다.
그리고 그 어떠한 날
몇 잔의 양주를 마시고
지성이나 무희나 그리고 금전이 괴롭히는
세상 얘기를 했을 뿐이다.*
창밖에는
어둠이 깊었다.

환영幻影의 사람

그 눈 내리는 창窓 가에
행복은 오지 않았다. 허나
사람아 환영의 사람아
너는 떠났다
내리는 눈과도 같이.

젊은 날
그리고 애달픈 사랑의 날
나는 아무 말도 없이
웃고 있었다.
내 머리에 조소嘲笑로운
눈이 내리듯
환영의 사람아
너는 지금 내 눈에 산다.

얼굴*

우리 모두 잊혀진 얼굴들처럼
모르고 살아가는 남이 되기 싫은 까닭이다.

기를 꽂고 산들, 무얼 하나
꽃이 내가 아니듯
내가 꽃이 될 수 없는 지금
물빛 몸매를 감은
한 마리 외로운 학으로 산들 무얼 하나
사랑하기 이전부터
기다림을 배워버린 습성으로 인해
온 밤내 비가 내리고 이젠 내 얼굴에도
강물이 흐르는데…

가슴에 돌단을 쌓고
손 흔들던 기억보다 간절한 것은
보고 싶다는, 보고 싶다는 단 한 마디
먼지 나는 골목을 돌아서다가
언뜻 만나서 스쳐간 바람처럼
쉽게 헤어져 버린 얼굴이 아닌 다음에야
신기루의 이야기도 아니고
하늘을 돌아 떨어진 별의 이야기도 아니고
우리 모두 잊혀진 얼굴들처럼 모르고 살아가는

남
남이 되기 싫은 까닭이다.

* 출처는 미상.
스크랩 자료.

불행한 상송

산업은행 유리창 밑으로
대륙의 시민이 프롬나드*하던 지난해 겨울
전쟁을 피해 온 여인은
총소리가 들리지 않는 과거로
수태受胎하며 뛰어다녔다.

폭풍의 뮤즈는 등화관제 속에
고요히 잠들고
이 밤 대륙은 한 개 과실처럼
대리석 위에 떨어졌다.

짓밟힌 나의 우월감이여
시민들은 한 사람 한 사람이 데모스테네스*
정치의 연출가는 도망한
아를캥*을 찾으러 돌아다닌다.

프롬나드
promnade : 산책.

데모스테네스
그리스 철학자.

아를캥
이탈리아 가면극에
등장하는 광대.

Mukden
중국 동북지방 도시
심양의 만주어 지명
을 영어로 표기한 것.

시장市長의 조마사調馬師는
밤에 가장 가까운 저녁때
웅계雄鷄가 노래하는 블루스에 화합되어
평행 면체의 도시 계획을
코스모스가 피는 한촌으로 안내하였다.

의상점에 신화神化한 마네킹
저 기적汽笛은 Express for Mukden*
마로니에는 창공에 동결되고

기적汽笛처럼 사라지는 여인의 그림자는
재스민의 향기를 남겨 주었다.

사랑의
Parabola*

어제의 날개는 망각 속으로 갔다.

부드러운 소리로 창을 두들기는 햇빛

바람과 공포를 넘고

밤에서 맨발로 오는 오늘의 사람아

떨리는 손으로 안개 낀 시간을 나는 지켰다.

희미한 등불을 던지고

열지 못할 가슴의 문을 부쉈다.

새벽처럼 지금 행복하다.

주위의 혈액은 살아 있는 인간의 진실로 흐르고

감정의 운하로 표류하던

나의 그림자는 지나간다.

내 사랑아

너는 찬 기후에서 긴 행로를 시작했다. 그러므로

폭풍우도 서슴지 않고 참혹마저 무섭지 않다.

짧은 하루 허나

너와 나의 사랑의 포물선은

권력 없는 지구地球 끝으로

오늘의 위치의 연장선이

노래의 형식처럼 내일로

자유로운 내일로…

Parabola

포물선

무도회

연기와 여자들 틈에 끼어
나는 무도회에 나갔다.

밤이 새도록 나는 광란의 춤을 추었다.
어떤 시체를 안고.

황제는 불안한 샹들리에와 함께 있었고
모든 물체는 회전하였다.

눈을 뜨니 운하는 흘렀다.
술보다 더욱 진한 피가 흘렀다.

이 시간 전쟁은 나와 관련이 없다.
광란된 의식意識과 불모의 육체… 그리고
일방적인 대화로 충만된 나의 무도회.
나는 더욱 밤 속에 가라앉아 간다.
석고의 여자를 힘있게 껴안고

새벽에 돌아가는 길 나는 내 친우가
전사한 통지를 받았다.

**나의
생애에
흐르는
시간들**

나의 생애에 흐르는 시간들
가느다란 일 년의 안젤루스*

어두워지면 길목에서 울었다
사랑하는 사람과

숲 속에서 들리는 목소리
그의 얼굴은 죽은 시인이었다

늙은 언덕 밑
피로한 계절과 부서진 악기

모이면 지난날을 이야기한다
누구나 저만이 슬프다고

가난을 등지고 노래도 잃은
안개 속으로 들어간 사람아

이렇게 밝은 밤이면
빛나던 수목樹木이 그립다

바람이 찾아와 문은 열리고
찬 눈은 가슴에 떨어진다

힘없이 반항하던 나는

안젤루스 angelus
가톨릭 교도가 하루
세 번 드리는 기도.

겨울이라 떠나지 못하겠다

밤새우는 가로등
무엇을 기다리나

나도 서 있다
무한한 과실果實만 먹고

일곱 개의
충계

가만히 눈을 감고 생각하니
지난 하루하루가 무서웠다.
무엇이나 거리낌 없이 말했고
아무에게도 협의해 본 일이 없던
불행한 연대였다.

비가 줄줄 내리는 새벽
바로 그때이다
죽어 간 청춘이
땅속에서 솟아나오는 것이…
그러나 나는 뛰어들어
서슴없이 어깨를 거느리고
악수한 채 피 묻은 손목으로
우리는 암담한 일곱 개의 충계를 내려갔다.

『인간의 조건』의 앙드레 말로
『아름다운 지구地區』의 아라공
모두들 나와 허물없던 우인友人
황혼이면 피곤한 육체로
우리의 개념이 즐거이 이름 불렀던
'정신과 관련의 호텔'에서
말로는 이 빠진 정부情婦와
아라공은 절름발이 사상과
나는 이들을 응시하면서…
이러한 바람의 낮과 애욕의 밤이

회상의 사진처럼
부질없게 내 눈앞에 오고 간다.

또 다른 그날
가로수 그늘에서 울던 아이는
옛날 강가에 내가 버린 영아嬰兒
쓰러지는 건물 아래
슬픔에 죽어 가던 소녀도
오늘 환영幻影처럼 살았다
이름이 무엇인지
나라를 애태우는지
분별할 의식조차 내게는 없다

시달림과 증오의 육지
패배의 폭풍을 뚫고
나의 영원한 작별의 노래가
안개 속에 울리고
지난날의 무거운 회상을 더듬으며
벽에 귀를 기대면
머나먼
운명의 도시 한복판
희미한 달을 바라
울며 울며 일곱 개의 층계를 오르는
그 아이의 방향은
어디인가.

지하실

황갈색 계단을 내려와
모인 사람은
도시의 지평에서 싸우고 왔다

눈앞에 어리는 푸른 시그널
그러나 떠날 수 없고
모두들 선명한 기억 속에 잠든다

달빛 아래
우물을 푸던 사람도
지하의 비밀은 알지 못했다

이미 밤은 기울어져 가고
하늘엔 청춘이 부서져
에메랄드의 불빛이 흐른다

겨울의 새벽이여
너에게도 지열地熱과 같은 따스함이 있다면
우리의 이름을 불러라
아직 바람과 같은
속력이 있고
투명한 감각이 좋다

기적奇蹟**인**
현대

장미는 강가에 핀 나의 이름
집집 굴뚝에서 솟아나는 문명文明의 안개
'시인' 가엾은 곤충이여
너의 울음이 도시에 들린다.

오래도록 네 욕망은 사라진 회화繪畵
무성한 잡초원雜草園에서
환영幻影과 애정과 비벼대던
그 연대의 이름도
허망한 어젯밤 버려지.

사랑은 조각에 나타난 추억
이녕泥濘과 작별의 여로에서
기대었던 수목은 썩어지고
전신電信처럼 가볍고 재빠른
불안한 속력은 어디서 오나.

침묵의 공포와 눈짓하던
그 무렵의 나의 운명은
기적인
동양의 하늘을 헤매고 있다.

문제되는 것

허무의 작가
광주光洲* 형에게

평범한 풍경 속으로
손을 뻗치면
거기서 길게 설레는
문제되는 것을 발견하였다.
죽는 즐거움보다도
나는 살아나가는 괴로움에
그 문제되는 것이
틀림없이 실재되어 있고 또한 그것은
나와 내 그림자 사이에
넘쳐 흐르고 있는 것을 알았다.

이 암흑의 세상에 허다한 그것들이
산재되어 있고
나는 또한 어둠을 찾아서 걸어간다.

아침이면
누구도 알지 못하는 나만의 비밀이
내 피곤한 발걸음을 최촉催促하였고,
세계의 낙원이었던
대학의 정문은
지금 총칼로 무장되었다.

목수꾼 정치가어,
너의 얼굴은 황혼처럼 곱다.
옛날 그 이름 모르는 토지에 태어나

* 작가 김광주 씨, 소설가 김훈의 부친.

굴욕과 권태로운 영상에 속아 가며
너의 욕망은 무엇이었더냐.

문제되는 것
평범한 주검 옆에서
한없이 우리를 괴롭히는 것

나는 내 젊음의 절망과
이 처참이 연속되는 생명과 함께
문제되는 것만이
군집되어 있는 것을 알았다.

죽은 아폴론

이상李箱 그가 떠난 날*에

오늘은 삼월 열이렛날*

그래서 나는 망각의 술을 마셔야 한다

여급 마유미*가 없어도

오후 세시 이십오분에는

벗들과 제비*의 이야기를 하여야 한다

그날 당신은

동경제국대학 부속병원에서

천당과 지옥의 접경으로 여행을 하고

허망한 서울의 하늘에는 비가 내렸다.

운명이여.

얼마나 애타는 일이냐.

권태와 인간의 날개

당신은 싸늘한 지하에 있으면서도

성좌星座를 간직하고 있다.

정신의 수렵을 위해 죽은

랭보*와도 같이

당신은 나에게

환상과 흥분과

열병과 착각을 알려 주고

그 빈사의 구렁텅이에서

우리 문학에

따뜻한 손을 빌려 준

* 이상이 죽은 날은 4월 17일인데 박인환 시인은 3월 17일로 착각하고 있다.

마유미
이상의 작품 「지주회시」에 나오는 여주인공.

제비
이상이 청진동에서 운영했던 다방 이름.

랭보
현대 프랑스의 대표적인 상징파 시인.

정신의 황제.

무한한 수면.
반역과 영광.
임종의 눈물을 흘리며 결코
당신은 하나의 증명을 갖고 있었다.
'이상李箱'이라고.

옛날의 사람들에게*

물고物故 작가
추도회의 밤에

당신들은 살아 있었을 때
불행하였고
당신들은 살아 있었을 때
즐거운 말이 없었고
당신들은 살아 있었을 때
사랑해 주던 사람이 없었습니다.

나라가 해방이 되고
하늘에 자유의 깃발이 퍼덕거릴 때
당신들은
오랜 고난과 압박의 병균에
몸을 좀 먹혀
진실한 이야기도
사랑의 노래도 잊어버리고
옛날의 사람이 되었습니다.

나는 지금 당신들이 죽어서 이 노래를
부르는 것이 아닙니다.
당신들의 호흡이 지금 끊어졌다 해도
거룩한 정신과
그 예술의 금자탑은
밤낮으로 나를 가로막고 있으며
내 마음이 서운할 때에
나는 당신들이 만든 문화의 화단 속에서
즐길 수 있기 때문입니다.

* 박인환 시인이 작고하기 3일 전에 '자유문협' 주최 '물고 작가 추모제' 때 낭독하기 위해 쓴 작품이다. 이 추모제가 열리기 전 세상을 떠나 유작이 되고 말았다.

당신들은 살아 있는 우리들의
푸른 '시그널'
우리는 그 불빛이 가리키는 방향으로
당신들의 유지를 받들어 가고 있습니다.

사랑하는 당신들이여
가난과 고통과 멸시를 무릅쓰면서
당신들의 싸움은 끝이 났습니다.

승리가 온 것인지
패배가 온 것인지
그것은 오직 미래만이 알며
남아 있는 우리들은
못 잊는 이름이기에
당신들 우리 문화의 선구자들을
이 한자리에 모셨습니다.

당신들은 살아 있었을 때
불행하였고
당신들은 살아 있었을 때
즐거운 말이 없었고
당신들은 살아 있었을 때
사랑해 주던 사람들이 없었습니다.

허나 지금

당신들은 불행하지 않으며
우리의 말은 빛나며
오늘 이처럼 많은 사람들이 모여
당신들을 사랑하고 있습니다.

3

미국 여행의 체험을 통한

외국에 대한 시

수부水夫들

수부들은 갑판에서
갈매기와 이야기한다
…너희들은 어디서 왔니…
화란和蘭* 성냥으로 담배를 붙이고
싱가포르 밤거리의 여자
지금도 생각이 난다.
동상처럼 서서 부두에서 기다리겠다는
얼굴이 까만 입술이 짙은 여자
파도여 꿈과 같이 부서져라
헤아릴 수 없는 순백한 밤이면
하모니카 소리도 처량하구나
포틀랜드 좋은 고장 술집이 많아
크레용 칠한 듯이 네온이 밝은 밤
아리랑 소리나 한번 해 보자
(포틀랜드에서… 이 시는 겨우 우리말을 쓸 수 있는
어떤 수부의 것을 내 이미지로 고쳤다)

화란
네덜란드.

**새벽 한
시의 시**詩

대낮보다도 눈부신
포틀랜드의 밤거리에
단조로운 글렌 밀러*의 랩소디가 들린다.
쇼윈도에서 울고 있는 마네킹.

앞으로 지 않은 나의 잠시를 위하여
기념이라고 진 피즈를 마시면
녹 쓴 가슴과 뇌수에 차디찬 비가 내린다.

나는 돌아가도 친구들에게 얘기할 것이 없구나
유리로 만든 인간의 묘지와
벽돌과 콘크리트 속에 있던
도시의 계곡에서
흐느껴 울었다는 것 외에는….

천사처럼
나를 매혹시키는 허영의 네온.

너에게는 안구眼球가 없고 정서情抒가 없다.
여기선 인간이 생명을 노래하지 않고
침울한 상념만이 나를 구한다.

바람에 날려 온 먼지와 같이
이 이국의 땅에선 나는 하나의 미생물이다.
아니 나는 바람에 날려 와

글렌 밀러
미국 재즈음악가.

새벽 한 시 기묘한 의식意識으로

그래도 좋았던

부식腐蝕된 과거로

돌아가는 것이다.

(포틀랜드에서)

새벽 한 시 기묘한 의식意識으로

그래도 좋았던

부식腐蝕된 과거로

돌아가는 것이다.

충혈된
눈동자

STRAIT OF JUAN DE FUCA*를 어제 나는
지났다.
눈동자에 바람이 휘도는
이국의 항구 올림피아
피를 토하며 잠자지 못하던 사람들이
행복이나 기다리는 듯이 거리에 나간다.

착각이 만든 네온의 거리
원색原色과 혈관은 내 눈엔 보이지 않는다.
거품에 넘치는 술을 마시고
정욕에 불타는 여자를 보아야 한다.
그의 떨리는 손가락이 가리키는
무거운 침묵 속으로 나는
발버둥치며 달아나야 한다.

세상은 좋았다
피의 비가 내리고
주검의 재가 날리는 태평양을 건너서
다시 올 수 없는 사람은 떠나야 한다
아니 세상은 불행하다고 나는 하늘에
고함친다
몸에서
베고니아처럼 화끈거리는 욕망을 위해
거짓과 진실을 마음대로 써야 한다.

JUAN DE FUCA
후안데푸카 해협.

젊음과 그가 가지는 기적奇蹟은
내 허리에 비애의 그림자를 던졌고
도시의 계곡 사이를 달음박질치는
육중한 바람을
충혈된 눈동자는 바라다보고 있었다.

(올림피아에서)

여행

나는 나도 모르는 사이에 먼 나라로
여행의 길을 떠났다.
수중엔 돈도 없이
집엔 쌀도 없는 시인이
누구의 속임인가
나의 환상인가
그저 배를 타고
많은 인간이 죽은 바다를 건너
낯선 나라를 돌아다니게 되었다.

비가 내리는 주립공원을 바라보면서
이백 년 전
이 다리 아래를 흘러간 사람의 이름을
수첩에 적는다.
캡틴 ××
그 사람과 나는 관련이 없건만
우연히 온 사람과 죽은 사람은
저기 푸르게 잠든 호수의 수심을
잊을 수 없는 것일까.
거룩한 자유의 이름으로 알려진 토지
무성한 삼림이 있고
비렴계관飛廉桂館*과 같은 집이
연이어 있는 아메리카의 도시
시애틀의 네온이 붉은 거리를
실신한 나는 간다

아니 나는 더욱 선명한 정신으로
태번[*]에 들어가 향수鄕愁를 본다.

이지러진 회상回想
불멸의 고독
구두에 남은 한국의 진흙과
상표도 없는 공작孔雀의 연기
그것은 나의 자랑이다
나의 외로움이다.

또 밤거리
거리의 음료수를 마시는
포틀랜드의 이방인
저기
가는 사람은 나를 무엇으로 보고 있는가.
(포틀랜드에서)

어느 날

4월 10일의 부활제를 위하여
포도주 한 병을 산 흑인과
빌딩의 숲 속을 지나
에이브러햄 링컨의 이야기를 하며
영화관의 스틸 광고를 본다.
…카르멘 존스…

미스터 - 몬은 트럭을 끌고
그의 아내는 쿡과 입을 맞추고
나는 지렛 회사의 텔레비전을 본다.

한국에서 전사한 중위의 어머니는
이제 처음 보는 한국 사람이라고 내 손을 잡고
시애틀 시가를 구경시킨다.

많은 사람이 살고
많은 사람이 울어야 하는
아메리카의 하늘에 흰 구름.
그것은 무엇을 의미하는가.
나는 들었다 나는 보았다
모든 비애와 환희를.

아메리카는 휘트먼*의 나라로 알았건만
아메리카는 링컨의 나라로 알았건만
쓴 눈물을 흘리며

휘트먼
「풀잎」을 쓴 미국의
대표적인 시인.

브라보… 코리언 하고
흑인은 술을 마신다.

(에버렛에서)

브라보… 코리언 하고
흑인은 술을 마신다.

(에버렛에서)

**에버렛의
일요일**

분란인芬蘭人* 미스터 몬은
자동차를 타고 나를 데리러 왔다.
에버렛의 일요일
와이셔츠도 없이 나는 한국 노래를 했다.
그저 쓸쓸하게 가냘프게
노래를 부르면 된다.
…파파 러브스 맘보…
춤을 추는 돈나
개와 함께 어울려 호숫가를 걷는다.

텔레비전도 처음 보고
칼로리가 없는 맥주도 처음 마시는
마음만의 신사
즐거운 일인지 또는 슬픈 일인지
여기서 말해 주는 사람은 없다.

석양.
낭만을 연상케 하는 시간.
미칠 듯이 고향 생각이 난다.
그래서 몬과 나는
이야기할 것이 없었다 이젠
헤어져야 된다.

(에버렛에서)

분란인
핀란드인

**어느 날의
시가 되지
않는 시**

당신은 일본인이지요?
차이니스? 하고 물을 때
나는 불쾌하게 웃었다.
거품이 많은 술을 마시면서
나도 물었다
당신은 아메리카 시민입니까?

나는 거짓말 같은 낡아 빠진 역사와
우리 민족과 말이 단일하다는 것을
자랑스럽게 말했다.
황혼.
태번 구석에서 흑인은 구두를 닦고
거리의 소년이 즐겁게 담배를 피우고 있다.

여우女優 가르보*의 전기傳記 책이 놓여 있고
그 옆에는 디텍티브 스토리가 쌓여 있는
서점의 쇼윈도
손님이 많은 가게 안을 나는 들어가지 않았다.

비가 내린다.
내 모자 위에 중량이 없는 억압이 있다.
그래서 뒷길을 걸으며
서울로 빨리 가고 싶다고
센티멘털한 소리를 한다.
(에버렛에서)

가르보
흑백영화 시대의
전설적인 여배우
그레타 가르보.

십오일 간

깨끗한 시트 위에서
나는 몸부림을 쳐도 소용이 없다.
공간에서 들려오는 공포의 소리
좁은 방에서 나비들이 난다.
그것을 들어야 하고
그것을 보아야 하는
의식儀式.
오늘은 어제와 분별이 없건만
내가 애태우는 사람은 날로 멀건만
죽음을 기다리는 수인囚人과 같이
권태로운 하품을 하여야 한다.

창밖에 나리는 미립자
거짓말이 많은 사전
할 수 없이 나는 그것을 본다
변화가 없는 바다와 하늘 아래서
욕할 수 있는 사람도 없고
알래스카에서 달려온 갈매기처럼
나의 환상幻想의 세계를 휘돌아야 한다.
위스키 한 병 담배 열 갑
아니 내 정신이 소모되어 간다. 시간은
십오일 간을 태평양에서는 의미가 없다.
하지만
고립과 콤플렉스의 향기는
내 얼굴과 금 간 육체에 젖어 버렸다.

바다는 노하고 나는 잠들려고 한다

누만 년累萬年의 자연 속에서 나는 자아를 꿈꾼다.

그것은 기묘한 욕망과

회상의 파편을 다듬는

음참陰慘한 망집妄執이기도 하다.

밤이 지나고 고뇌의 날이 온다.

척도를 위하여 커피를 마신다.

사변四邊은 철鐵과 거대한 비애에 잠긴

하늘과 바다.

그래서 나는 어제 외롭지 않았다.

(태평양에서)

다리 위의
사람

다리 위의 사람은
애증과 부채負債를 자기 나라에 남기고
암벽에 부딪히는 파도 소리에 놀라
바늘과 같은 손가락은
난간을 쥐었다.
차디찬 철鐵의 고체固體
쓰디쓴 눈물을 마시며
혼란된 의식에 가라앉아 버리는
다리 위의 사람은
긴 항로 끝에 이르른 정막靜寞한 토지에서
신의 이름을 부른다.

그가 살아오는 동안
풍파와 고절孤絶은 그칠 줄 몰랐고
오랜 세월을 두고
DECEPTION PASS에도
비와 눈이 내렸다.

또다시 헤어질 숙명이기에
만나야만 되는 것과 같이
지금 다리 위의 사람은
로사리오 해협에서 불어오는
처량한 바람을 잊으려고 한다.
잊으려고 할 때 두 눈을 가로막는
새로운 불안

화끈거리는 머리
절벽 밑으로 그의 의식意識은 떨어진다.

태양이 레몬과 같이 물결에 흔들거리고
주립공원 하늘에는
에메랄드처럼 반짝거리는 기계가 간다.
변함없이 다리 아래 물이 흐른다
절망된 사람의 피와도 같이
파란 물이 흐른다
다리 위의 사람은
흔들리는 발걸음을 걷잡을 수가 없었다.
(아나코테스에서)

투명한
버라이어티

녹 쓴
은행과 영화관과 전기세탁기.

럭키 스트라이크
VANCE 호텔 BINGO 게임.

영사관 로비에서
눈부신 백화점에서
부활제의 카드가
RAINIER 맥주가.

나는 옛날을 생각하면서
텔레비전의 LATE NIGHT NEWS를 본다.
캐나다 CBC 방송국의
광란한 음악
입 맞추는 신사와 창부娼婦.
조준은 젖가슴
아메리카 워싱턴 주.

비에 젖은 소년과 담배
고절孤絶된 도서관
오늘 올드미스는 월경月經이다.

희극 여우女優처럼 눈살을 피면서
최현배 박사의 『우리말본』을

핸드백 옆에 놓는다.

타이프라이터의 신경질
기계 속에서 나무는 자라고
엔진으로부터 탄생된 사람들.

신문과 숙녀의 옷자락이 길을 막는다.
여송연을 문 전前 수상首相은
아메리카의 여자를 사랑하는지?

식민지의 오후처럼
회사의 깃발이 퍼덕거리고
페리 코모의 〈파파 러브스 맘보〉

찢어진 트럼펫
구겨진 애욕.
데모크라시와 옷 벗은 여신과
칼로리가 없는 맥주와 유행과
유행에서 정신을 희열하는
디자이너와
표정이 경련하는 나와.

트렁크 위에 장미는 시들고
문명文明은 은근한 곡선을 긋는다.

조류鳥類는 잠들고
우리는 페인트칠한 잔디밭을 본다
달리는 유니온 퍼시픽 안에서
상인商人은 쓸쓸한 혼약의 꿈을 꾼다.

반항적인 M. 먼로의
날개 돋친 의상.

교회의 일본어 선전물에서는
크레졸 냄새가 나고
옛날
루돌프 알폰소 발렌티노의 주검을
비탄으로 맞이한 나라
그때의 숙녀는 늙고
아메리카는 청춘의 음영을 잊지 못했다.

스트립쇼
담배 연기의 암흑
시력視力이 없는 네온사인.

VANCE 호텔
시애틀에 있음.

파파 러브스 맘보
1950년대 유행곡.

모리스 브리지
포틀랜드에 있음.

그렇다 '성性의 십년'이 떠난 후
전장戰場에서 청년은 다시 도망쳐 왔다
자신自信과 영예榮譽와
구라파의 달을 바라다보던 사람은…

혼란과 질서의 반복이
물결치는 거리에
고백의 시간은 간다.

집요하게 태양은 내리 쪼이고
MT. HOOT의 눈은 변함이 없다.

연필처럼 가느다란 내 목구멍에서
내일이면 가치가 없는 비애로운 소리가 난다.

빈약한 사념思念

아메리카   모나리자

필립 모리스   모리스 브리지

비정한 행복이라도 좋다
4월 10일의 부활제가 오기 전에
굿 바이
굿 앤드 굿 바이

인천항

사진 잡지에서 본 향항香港* 야경을 기억하고 있다
그리고 중일전쟁 때
상해上海 부두를 슬퍼했다

서울에서 삼십 킬로를 떨어진 곳에
모든 해안선과 공통되어 있는
인천항이 있다

가난한 조선의 프로필을
여실히 표현한 인천 항구에는
상관商館도 없고
영사관도 없다

따뜻한 황해의 바람이
생활의 도움이 되고자
냅킨 같은 만내灣內에 뛰어들었다

해외에서 동포들이 고국을 찾아들 때
그들이 처음 상륙한 곳이
인천 항구이다

그러나 날이 갈수록
은주銀酒와 아편과 호콩이 밀선密船에 실려 오고
태평양을 건너 무역풍을 탄 칠면조가
인천항으로 나침을 돌렸다

향항
홍콩.

정크
작은 배.

서울에서 모여든 모리배는
중국서 온 헐벗은 동포의 보따리같이
화폐의 큰 뭉치를 등지고
황혼의 부두를 방황했다

밤이 가까울수록
성조기가 퍼덕이는 숙사宿舍와
주둔소駐屯所의 네온사인은 붉고
정크*의 불빛은 푸르며
마치 유니언잭이 날리던
식민지 향항의 야경을 닮아 간다

조선의 해항海港 인천의 부두가
중일전쟁 때 일본이 지배했던
상해의 밤을 소리 없이 닮아 간다

세토
내해 瀬戸内海*

그날은 삼월
율리시스가 잠자듯이
나는 이 바다에서 잠든다.

태양은 때론*
그 향기를 품에 안고
조용한 바다 위를 흐른다.

인생은 표류
작은 어선들이
과거를 헤맨다.

이욱異國의 바다 섬들 속에 있는
세토나이카이 그 물결 위에
나의 회한이 간다.

세토내해

일본의 지중해라고
불리는 바다.
원 제목은 한자로
되어 있으나 본문 속
에 '세토나이카이'가
나오므로 그것을
따랐다.

때론

수록본 보존 상태가
나빠 판독 불가능,
앞뒤 시의 내용을
고려하여 '때론'으로
잡았다.

**식민항植民港의
밤**

향연饗宴의 밤
영사領事 부인에게 아시아의 전설을 말했다.

자동차도 인력거도 정차되었으므로
신성한 땅 위를 나는 걸었다.

은행 지배인이 동반한 꽃 파는 소녀
그는 일찍이 자기의 몸값보다
꽃값이 비쌌다는 것을 안다.

육전대陸戰隊*의 연주회를 듣고 오던 주민은
적개심으로 식민지의 애가哀歌를 불렀다.

삼각주의 달빛
백주白晝의 유혈流血을 밟으며 찬 해풍이 나의 얼
　　　굴을
적신다.

육전대
해병대 옛 호칭.

태평양에서

갈매기와 하나의 물체
'고독'
연월年月도 없고 태양은 차갑다.
나는 아무 욕망도 갖지 않겠다.
더욱이 낭만과 정서는
저기 부서지는 거품 속에 있어라.

죽어간 자의 표정처럼
무겁고 침울한 파도 그것이 노할 때
나는 살아 있는 자라고 외칠 수 없었다.
그저 의지의 믿음만을 위하여
심유深幽한 바다 위를 흘러가는 것이다.

태평양에 안개가 끼고 비가 내릴 때
검은 날개에 검은 입술을 가진
갈매기들이 나의 가까운 시야에서 나를 조롱한다.
'환상'
나는 남아 있는 것과
잃어버린 것과의 비례를 모른다.
옛날 불안을 이야기했었을 때
이 바다에선 포함砲艦이 가라앉고
수십만의 인간이 죽었다.
어둠침침한 조용한 바다에서 모든 것은 잠이 들
    었다.
그렇다. 나는 지금 무엇을 의식하고 있는가?

단지 살아 있다는 것만으로서.

바람이 분다.
마음대로 불어라. 나는 덱에 매달려
기념紀念이라고 담배를 피운다.
무한한 고독. 저 연기는 어디로 가나.

밤이여. 무한한 하늘과 물과 그 사이에
나를 잠들게 해라.

(태평양에서)

바닷가의
무덤

쏟아져 오는 바람에 기대어

나는 행복된 날을 생각한다.

허나 떠날 수 없는 항구여

작별할 수 없는 육지여

나는 지금 병원선의 네온을 바라보면서

짧은 인간의 운명에 있어

진실로 행복된 것이 무엇이었던가를 생각한다

평이平易한 죽음의 바다

갈매기 기적汽笛

시체와 같이 표정 없는 선박

사랑과 영광에 살던 가라앉아 버린 풍경

좀처럼 나와는 가까이할 수 없는 돈과도 같이

이 불모의 토지에서

불행한 종말의 항구에 있어서

나에게도 행복된 날이 있었던 것인가

성하盛夏

구멍 난 하늘에선 비도 내리지 않고

내가 겨눈 최후의 화살은

신의 가슴을 찔렀다.

어두운 밤이면

무덤과 같이 조용한 부산釜山의 시가를 벗어나

쏟아져 오는 바람에 기대어
떠나야 할 항구와
작별할 수밖에 없는 육지를
지나간 행복처럼 생각하는 것이다

쏟아져 오는 바람에 기대어
떠나야 할 항구와
작별할 수밖에 없는 육지를
지나간 행복처럼 생각하는 것이다

이국_{異國}
항구

에버렛 이국의 항구
그날 봄비가 내릴 때
돈나 캠벨 잘 있거라

바람에 펄럭이는 너의 잿빛 머리
열병에 걸린 사람처럼
내 머리는 화끈거린다

몸부림쳐도 소용없는
사랑이라는 것을 서로 알면서도
젊음의 눈동자는 막지 못하는 것

처량한 기적_{汽笛}
덱에 기대어 담배를 피우고
이제 나는 육지와 작별을 한다

눈물과 신화의 바다 태평양
주검처럼 어두운 노도_{怒濤}를 헤치며
남해호_{南海號}의 우렁찬 엔진은 울린다
사랑이여 불행한 날이여
이 넓은 바다에서
돈나 캠벨 – 불러도 대답은 없다

멕시칸 Jade*와 같은 하늘 아래서

우리는 담배를 피우며 죽은 자의 애기를 한다.

a. 그들은 회색의 그림자

b. 돌아오지 않는 사람들

a. 웃어 주는 숙녀도 없고

b. 거기엔 그저 신비한 것이 있었다.

a. 바람은 한숨을 멱겨* 주면 고맙다.

b. 고통의 살결과 고뇌의 날에.

a. 그들은 하늘과 함께 추위와 싸울 것이다.

b. 그들은 하늘과 함께 태양과 싸울 것이다.

a. 아 에메랄드처럼 반짝거리는 얼굴.

b. 그들은 비처럼 나리는 별 하늘에 잠이 들었다.

Jade
옥, 비취.

멱겨
정확한 뜻은 알 수
없다.

4

6.25를 겪으면서
변모해 가는 모습의 시

행복

노인은 육지에서 살았다.

하늘을 바라보며 담배를 피우고

시들은 풀잎에 앉아

손금도 보았다.

차 한 잔을 마시고

정사情死한 여자의 이야기를

신문에서 읽을 때

비둘기는 지붕 위에서 훨훨 날았다.

노인은 한숨도 쉬지 않고

더욱 아무것도 바라지 않으며

성서를 에우고* 불을 끈다.

그는 행복이라는 것을 말하지 않았다.

그저 고요히 잠드는 것이다.

노인은 꿈을 꾼다.

여러 친구와 술을 나누고

그들이 죽음의 길을 바라보던 전날을.

노인은 입술에 미소를 띠우고

쓰디쓴 감정을 억제할 수가 있다.

그는 지금의 어떠한 순간도

증오할 수가 없었다.

노인은 죽음을 원하기 전에

옛날이 더욱 영원한 것처럼 생각되며

자기와 가까이 있는 것이

멀어져 가는 것을

분간할 수가 있었다.

에우고
외우고.

살아 있는
것이
있다면

현재의 시간과 과거의 시간은
거의 모두가 미래의 시간 속에 나타난다.
— T.S. 엘리엇

살아 있는 것이 있다면
그것은 나와 우리들의 죽음보다도
더한 냉혹하고 절실한
회상과 체험일지 모른다.

살아 있는 것이 있다면
여러 차례의 살육에 복종한 생명보다도
더한 복수와 고독을 아는
고뇌와 저항일지 모른다.

한 걸음 한 걸음 나는 허물어지는
정적靜寂과 초연硝煙의 도시 그 암흑 속으로…
명상과 또다시 오지 않을 영원한 내일로…
살아 있는 것이 있다면
유형流刑의 애인처럼 손잡기 위하여
이미 소멸된 청춘의 반역을 회상하면서
회의懷疑와 불안만이 다정스러운
모멸侮蔑의 오늘을 살아나간다.

…아 최후로 이 성자聖者의 세계에
살아 있는 것이 있다면 분명히

그것은 속죄의 회화 속의 나녀와
회상도 고뇌도 이제는 망령에게 판
철없는 시인
나의 눈 감지 못한
단순한 상태의 시체일 것이다….

낙하

미끄럼판에서
나는 고독한 아킬레스처럼
불안의 깃발 날리는
땅 위에 떨어졌다
머리 위의 별을 헤아리면서

그 후 이십 년
나는 운명의 공원 뒷담 밑으로
영속된 죄의 그림자를 따랐다.

아 영원히 반복되는
미끄럼판의 승강昇降
친근에의 증오와 또한
불행과 비참과 굴욕에의 반항도 잊고
연기 흐르는 쪽으로 달려가면
오욕의 지난날이 나를 더욱 괴롭힐 뿐.

멀리서 회색 사면斜面과
불안한 밤의 전쟁
인류의 상흔과 고뇌만이 늘고
아무도 인식하지 못할
망각의 이 지상에서
더욱더욱 가라앉아 간다.

처음 미끄럼판에서

내려 달린 쾌감도
미지의 숲 속을
나의 청춘과 도주하던 시간도
나의 낙하하는
비극의 그늘에 있다.

검은 강

신이란 이름으로서
우리는 최후의 노정을 찾아보았다.

어느 날 역전에서 들려오는
군대의 합창을 귀에 받으며
우리는 죽으러 가는 자와는
반대 방향의 열차에 앉아
정욕처럼 피폐한 소설에 눈을 흘겼다.

지금 바람처럼 교차하는 지대
거기엔 일체의 불순한 욕망이 반사되고
농부의 아들은 표정도 없이
폭음과 초연硝煙이 가득 찬
생과 사의 경지에 떠난다.

달은 정막보다도 더욱 처량하다.
멀리 우리의 시선을 집중한
인간의 피로 이룬
자유의 성채
그것은 우리와 같이 퇴각하는 자와는 관련이 없
　　었다.

신이란 이름으로서
우리는 저 달 속에
암담한 검은 강이 흐르는 것을 보았다.

**검은
신이여**

저 묘지에서 우는 사람은 누구입니까.

저 파괴된 건물에서 나오는 사람은 누구입니까

검은 바다에서 연기처럼 꺼진 것은 무엇입니까

인간의 내부에서 사멸된 것은 무엇입니까.

일 년이 끝나고 그 다음에 시작되는 것은 무엇입니까.

전쟁이 뺏어 간 나의 친우는 어디서 만날 수 있습니까.

슬픔 대신에 나에게 죽음을 주시오.

인간을 대신하여 세상을 풍설로 뒤덮어 주시오.

건물과 창백한 묘지 있던 자리에

꽃이 피지 않도록.
하루의 일 년의 전쟁의 처참한 추억은
검은 신이여
그것은 당신의 주제일 것입니다.

서부전선
에서

————————

윤을수尹乙洙
신부神父에게

싸움이 다른 곳으로 이동한

이 작은 도시에

연기가 오른다.

종소리가 들린다.

희망의 내일이 오는가.

비참한 내일이 오는가.

아무도 확언하는 사람은 없었다.

그러나 연기 나는 집에는

흩어진 가족이 모여들었고

비 내린 황톳길을 걸어

여러 성직자는 옛날 교구로 돌아왔다.

'신이여 우리의 미래를 약속하시오

회한과 불안에 얽매인 우리에게 행복을 주시오'

주민은 오직 이것만을 원한다.

군대는 북으로 북으로 갔다.

토막土幕에서도 웃음이 들린다.

비둘기들이 화창한

봄의 햇볕을 쪼인다.

불신의 사람

나는 바람이 길게 멈출 때
항구의 등불과
그 위대한 의지의 설움이
불멸의 씨를 뿌리는 것을 보았다.

폐에 밀려드는 싸늘한 물결처럼
불신의 사람과 망각의 잠을 이룬다.

피와 외로운 세월과
투영되는 일체一切의 환상과
시詩보다도 더욱 가난한 사랑과
떠나는 행복과 같이
속삭이는 바람과
오 공동묘지에서 퍼덕이는
시발과 종말의 깃발과
지금 밀폐된 이런 세계에서
권태롭게
우리는 무엇을 이야기하는가.

등불이 꺼진 항구에
마지막 조용한 의지의 비는 나리고
내 불신의 사람은 오지 않았다.
내 불신의 사람은 오지 않았다.

신호탄

수색대장 K중위는 신호탄을 올리며
적병 30명과 함께 죽었다. 1951년 1월

위기와 영광을 고할 때
신호탄은 터진다.
바람과 함께 살던 유년幼年도
떠나간 행복의 시간도
무거운 복잡에서
더욱 단순으로 순화醇化하여 버린다.

옛날 식민지의 아들로
검은 땅덩어리를 밟고
그는 주검을 피해
태양 없는 처마 끝을 걸었다.

어두운 밤이여
마지막 작별의 노래를
그 무엇으로 표현하였는가.
슬픈 인간의 유형類型을 벗어나
참다운 해방을
그는 무엇으로 신호하였는가.

'적을 쏘라
침략자 공산군을 사격하라.
내 몸뚱어리가 벌집처럼 터지고

빨간 피로 화할 때까지
자장가를 불러 주신 어머니
어머니 나를 중심으로 한 주변에
기총을 소사掃射하시오 적은 나를 둘러쌌소’

생과 사의 눈부신 외접선을 그으며
하늘에 구멍을 뚫은 신호탄
그가 침묵한 후
구멍으로 끊임없이 비가 내렸다.
단순에서 더욱 죽음으로
그는 나와 자유의 그늘에서 산다.

부드러운
목소리로
이야기할
때

나는 언제나 샘물처럼 흐르는

그러한 인생의 복판에 서서

전쟁이나 금전이나 나를 괴롭히는 물상物象과

부드러운 목소리로 이야기할 때

한줄기 소낙비는 나의 얼굴을 적신다.

진정코 내가 바라던 하늘과 그 계절은

푸르고 맑은 내 가슴을 눈물로 스치고

한때 청춘과 바꾼 반항도

이젠 서적처럼 불타 버렸다.

가고 오는 그러한 제상諸相과 평범 속에서

술과 어지러움을 한恨하는 나는

어느 해 여름처럼 공포에 시달려

지금은 하염없이 죽는다.

사라진 일체의 나의 애욕아

지금 형태도 없이 정신을 잃고

이 쓸쓸한 들판

아니 이지러진 길목 처마 끝에서

부드러운 목소리로 이야기한들

우리들 또다시 살아 나갈 것인가.

정막靜寞처럼 잔잔한

그러한 인생의 복판에 서서

여러 남녀와 군인과 또는 학생과
이처럼 쇠퇴衰頹한 철없는 시인이
불안이다 또는 황폐롭다
부드러운 목소리로 이야기한들
광막한 나와 그대들의 기나긴 종말의 노정은
예나 지금이나 변함없노라.

오 난해한 세계
복잡한 생활 속에서
이처럼 알기 쉬운 몇 줄의 시와
말라 버린 나의 쓰디쓴 기억을 위하여
전쟁이나 사나운 애정을 잊고
넓고도 간혹 좁은 인간의 단상에 서서
내가 부드러운 목소리로 이야기할 때
우리는 서로 만난 것을 탓할 것인가
우리는 서로 헤어질 것을 원할 것인가.

눈을
뜨고도

우리들의 섬세한 추억에 관하여
확신할 수 있는 잠시
눈을 뜨고도
볼 수 없는 상태는 어찌할 수가 없었다.

진눈깨비처럼 아니
이지러진 사랑의 환영처럼
빛나면서도
암흑처럼 다가오는
오늘의 공포
거기 나의 기묘한 청춘은 자고
세월은 간다.

녹슨 흉부에
잔잔한 물결에 회상과 회한은 없다.

푸른 하늘가를
기나긴 하계夏季의 비는 내렸다.
겨레와 울던 감상感傷의 날도
진실로
눈을 뜨고도 볼 수 없는 상태
우리는 결코
맹목의 시대에 살고 있는 것인가.
시력視力은 복종의 그늘을 찾고 있는 것인가

지금 우수에 잠긴 현창舷窓에 기대어
살아 있는 자의 선택과
죽어간 놈의 침묵처럼
보이지는 않으나 관능과 의지의
믿음만을 원하며
목을 굽히는 우리들
오, 인간의 가치와
조용한 지면地面에 파묻힌 사자死者들

또 하나의 환상과
나의 불길한 혐오
참으로 조소嘲笑로운 인간의 주검과
눈을 뜨고도
볼 수 없는 상태
얼마나 무서운 치욕이냐.
단지 존재와 부재의 사이에서

회상의 긴 계곡

아름답고 사랑처럼 무한히 슬픈

회상回想의 긴 계곡

그랜드 쇼처럼 인간의 운명이 허물어지고

검은 연기여 올라라

검은 환영이여 살아라.

안개 내린 시야에

신부新婦의 베일인가 가늘은 생명의 연속이

최후의 송가와

불안한 발걸음에 맞추어

어디로인가

황폐한 토지의 외부로 떠나가는데

울음으로써 죽음을 대치하는

수없는 악기들은

고요한 이 계곡에서 더욱 서럽다.

강기슭에서 기약할 것 없이 쓰러지는

하루만의 인생

화려한 욕망

여권은 산산이 찢어지고

낙엽처럼 길 위에 떨어지는

캘린더의 향수鄕愁를 안고

자전거의 소녀여 나와 오늘을 살자.

군인이 피워 물던

물뿌리와 검은 연기의 인상과
위기에 가득 찬 세계의 변경
이 회상의 긴 계곡 속에서도
열을 지어 죽음의 비탈을 지나는
서럽고 또한 환상에 속은
어리석은 영원한 순교자.
우리들.

당신과 내일부터는 만나지 맙시다.
나는 다음에 오는 시간부터는 인간의 가족이 아
　　닙니다.
왜 그러할 것인지 모르나
지금처럼 행복해서는
조금 전처럼 착각이 생겨서는
다음부터는 피가 마르고 눈은 잠길 것입니다.

사랑하는 당신의 침대 위에서
내가 바랄 것이란 나의 비참이 연속되었던
수없는 음영의 연월年月이
이 행복의 순간처럼 속히 끝나 줄 것입니다.
…뇌우 속의 천사
그가 피를 토하며 알려 주는 나의 위치는
광막한 황지荒地에 세워진 궁전보다도 더욱 꿈같고
나의 편력처럼 애처롭다는 것입니다.

사랑하는 당신의 부드러운 젖과 가슴을 내 품에
　　안고
나는 당신이 죽는 곳에서 내가 살며
내가 죽는 곳에서 당신의 출발이 시작된다고…
황홀히 생각합니다.
그리고 무지개처럼 허공에 그려진
감촉과 향기만이 짙었던 청춘의 날을 바라봅니다.

당신은 나의 품속에서 신비와 아름다운 육체를

숨김없이 보이며 잠이 들었습니다.

불멸의 생명과 나의 사랑을 대치하셨습니다.

호흡이 끊긴 불행한 천사…

당신은 빙화氷花처럼 차가우면서도

아름답게 행복의 어둠 속으로 떠나셨습니다.

고독과 함께 남아 있는 나와

희미한 감응의 시간과는 이젠 헤어집니다

장송곡을 연주하는 관악기 모양

최종 열차의 기적汽笛이 정신을 두드립니다.

시체인 당신과

벌거벗은 나와의 사실을

불안한 지도에 남기고

모든 것은 물과 같이 사라집니다.

사랑하는 순수한 불행이여 비참이여 착각이여

결코 그대만은

언제까지나 나와 함께 있어 주시오

내가 의식하였던

감미甘味한 육체의 회색 사랑과

관능적인 시간은 참으로 짧았습니다.

잃어버린 것과

욕망에 살던 것은… 사랑의 자체姿體와 함께 소멸
　　　되었고

나는 다음에 오는 시간부터는 인간의 가족이 아

닙니다.
영원한 밤
영원한 육체
영원한 밤의 미매장.
나는 이국異國의 여행자처럼
무덤에 핀 차가운 흑장미를 가슴에 답니다.
그리고 불안과 공포에 펄떡이는
사자死者의 의상을 몸에 휘감고
바다와 같은 묘망渺茫한 암흑 속으로 뒤돌아 갑니다.
허나 당신은 나의 품 안에서 의식은 회복지 못합
니다.

종말

생애를 끝마칠

임종의 존엄을 앞두고

정치가와 회색 양복을 입은 교수와

물가지수를 논의하던

불안한 샹들리에 아래서

나는 웃고 있었다.

피로한 인생은

지나支那의 벽처럼 우수수 무너진다.

나도 이에 유형類型되어

나의 종말의 목표를 지향하고 있었다.

그러나 숨가쁜 호흡은 끊기지 않고

의식은 죄수와도 같이 밝아질 뿐

밤마다 나는 장미를 꺾으러

금단의 계곡으로 내려가서

동란動亂을 겪은 인간처럼 온 손가락을 피로 물들여

암흑을 덮어 주는 월광을 가리켰다.

나를 쫓는 꿈의 그림자

다음과 같이 그는 말하는 것이다.

…지옥에서 밀려 나간 운명의 패배자

너는 또다시 돌아올 수 없다…

…처녀의 손과 나의 장갑을

구름의 의상과 나의 더럽힌 입술을…

이런 유행가의 구절을
새벽녘 싸늘한 피부가 나의 육체와 마주칠 때까지
노래하였다.
노래가 멈춘 다음
내 죽음의 막이 오를 때

오 생애를 끝마칠 나의 최후의 주변에
양주값을
구두값을 책값을
네가 들어갈 관棺 값을 청산하여 달라고
(그들은 사회의 예절과 언어를 확실히 체득하고 있다)
달려든 지난날의 친우들.

죽을 수도 없고
옛이나 현재나 변함이 없는 나
정치가와 회색 양복을 입은 교수의 부고訃告와
그 상단에 보도되어 있는
어제의 물가 시세를 보고
세 사람이 논의하던 그 시절보다
모든 것이 천 배 이상이나 앙등되어 있는 것을 나
　　　는 알았다.
허나 봄이 되니 수목은 또다시 부풀어 오르고
나의 종말은 언제인가

어두움처럼 생과 사의 구분 없이

항상 임종의 존엄만 앞두고
호수의 물결이나 또는 배처럼
한계만을 헤매는
지옥으로 돌아갈 수도 없는 자
이젠 얼굴도 이름도 스스로 기억하지 못하는
영원한 종말을
웃고 울며 헤매는 또 하나의 나.

미스터
모某의
생과 사

입술에 피를 바르고
미스터 모는 죽는다.

어두운 표본실에서
그의 생존 시의 기억은
　미스터 모의 여행을
　기다리고 있었다.

원인도 없이
유산은 더욱 없이
미스터 모는 생과 작별하는 것이다

일상이 그러한 것과 같이
주검은 친우와도 같이
　다정스러웠다.

미스터 모의 생과 사는
신문이나 잡지의 대상이 못된다
오직 유식한 의학도의
일편一片의 소재로서
해부의 대臺에 그 여운을 남긴다.

무수한 촉광 아래
상흔은 확대되고
미스터 모는 죄가 많았다.

그의 청순한 아내
지금 행복은 의식意識의 중간을 흐르고 있다.

결코
평범한 그의 죽음을 비극이라 부를 수 없었다.
산산이 찢어진 불행과
결합된 생과 사와
이러한 고독의 존립을 피하며
미스터 모는
영원히 미소하는 심상心象을
손쉽게 잡을 수가 있었다.

밤의 노래

정막靜寞한 가운데
인광처럼 비치는 무수한 눈
암흑의 지평은
자유에의 경계를 만든다.

사랑은 주검의 사면斜面으로 달리고
취약하게 조직된
나의 내면은
지금은 고독한 술병.

밤은 이 어두운 밤은
안테나로 형성되었다
구름과 감정의 경위도經緯度에서
나는 영원히 약속될
미래에의 절망에 관하여 이야기도 하였다.

또한 끝없이 들려오는 불안한 파장波長
내가 아는 단어와
나의 평범한 의식意識은
밝아 올 나의 영역으로
위태롭게 인접되어 간다.

가느다란 노래도 없이
길목에선 갈대가 죽고
욱어진 이신異神의 날개들이

깊은 밤
저 기아飢餓의 별을 향하여 작별한다.

고막을 깨뜨릴 듯이
달려오는 전파電波
그것이 가끔 교회의 종소리에 합쳐
선을 그리며
내 가슴의 운석에 가라앉아 버린다.

최후의
회화會話

아무 잡음도 없이 멸망하는
도시의 그림자
무수한 인상과
전환하는 연대年代의 그늘에서
아 영원히 흘러가는 것
신문지의 경사傾斜에 얽혀진
그러한 불안의 격투.

함부로 개최되는 주장酒場의 사육제
흑인의 트럼펫
구라파歐羅巴 신부新婦의 비명
정신의 황제!
내 비밀을 누가 압니까?
체험만이 늘고
실내는 잔잔한 이러한
환영幻影의 침대에서.

회상의 기원起源
오욕汚辱의 도시
황혼의 망명객
검은 외투에 목을 굽히면
들려오는 것
아 영원히 듣기 싫은 것
쉬어 빠진 진혼가
오늘의 폐허에서

우리는 또다시 만날 수 있을까
1950년의 사절단.

병든 배경의 바다에
국화가 피었다
폐쇄된 대학의 정원은
지금은 묘지
회화繪畫와 이성理性의 뒤에 오는 것
술 취한 수부水夫의 팔목에 끼어
파도처럼 밀려드는
불안한 최후의 회화會話.

**어떠한
날까지**

──────

이 중위의
만가輓歌를
대신해서

- 형님 저는 담배를
피우게 되었습니다 -
이런 이야기를 하던 날
바다가 반사된 하늘에서
평면의 심장을 뒤흔드는
가는 기계의 비명이 들려왔다
20세의 해병대 중위는
담배를 피우듯이
태연한 작별을 했다.

그가 서부전선 무명의 계곡에서
복잡으로부터
단순單純을 지향하던 날
운명의 부질함과
생명과 그 애정을 위하여
나는 이단異端의 술을 마셨다.

우리의 일상과 신변에
우리의 그림자는
명확한 위기를 말한다
나와 싸움과 자유의 한계는
가까우면서도
망원경이 아니면 알 수 없는
생명의 고집에 젖어 버렸다
죽음이여

회한과 내성內省의 절박한 시간이여
적은 바로
나와 나의 일상과 그림자를 말한다.

연기와 같은 검은 피를 토하며…
안개 자욱한 젊은 연령의 음영陰影에…
청춘과
자유의 존엄을 제시한
영원한 미성년
우리의 처참한 기억이
어떠한 날까지 이어갈 때
싸움과 단절의 들판에서
나는 홀로 이단의 존재처럼
떨고 있음을 투시한다.

의혹의 기旗　얇은 고독처럼 퍼덕이는 기

그것은 주검과 관념의 거리를 알린다.

허망한 시간

또는 줄기찬 행운의 순시瞬時

우리는 도립倒立된 석고처럼

불길不吉을 바라볼 수 있었다.

낙엽처럼 싸움과 청년은 흩어지고

오늘과 그 미래는 확립된 사념思念이 없다.

바람 속의 내성內省

허나 우리는 죽음을 원치 않는다.

피폐한 토지에선

한줄기 연기가 오르고

우리는 아무 말도 없이 눈을 감았다.

최후처럼 인상印象은 외롭다.

안구眼球처럼 의욕은 숨길 수가 없다.

이러한 중간의 면적에

우리는 떨고 있으며

떨리는 깃발 속에

모든 인상과 의욕은 그 모습을 찾는다.

195…년의 여름과 가을에 걸쳐서

애정의 뱀은 어두움에서 암흑으로
세월과 함께 성숙하여 갔다.
그리하여 나는 비틀거리며
뱀이 걸어간 길을 피했다.

잊을 수 없는 의혹의 기
잊을 수 없는 환상의 기
이러한 혼란된 의식 아래서
아폴론은 위기의 병을 껴안고
고갈된 세계에 가라앉아 간다.

새로운
결의를
위하여

나의 나라 나의 마을 사람들은
아무 회한도 거리낌도 없이 그저
적의 침략을 쳐부수기 위하여
신부新婦와 그의 집을 뒤에 남기고
건조한 산악에서 싸웠다 그래서
그들의 운명은 노호怒號했다
그들에겐 언제나 축복된 시간이 있었으나
최초의 피는 장미와 같이 가슴에서 흘렀다.
새로운 역사를 찾기 위한
오랜 침묵과 명상 그러나
죽은 자와 날개 없는 승리
이런 것을 나는 믿고 싶지가 않다.

더욱 세월이 흘렀다고 하자
누가 그들을 기억할 것이냐.
단지 자유라는 것만이 남아 있는 거리와
용사의 마을에서는
신부는 늙고 아비 없는 어린것들은
풀과 같이
바람 속에서 자란다.

옛날이 아니라 그저 절실한 어제의 이야기
침략자는 아직도 살아 있고
싸우러 나간 사람은 돌아오지 않고
무거운 공포의 시대는 우리를 지배한다.

아 복종과 다름이 없는 지금의 시간
의의를 잃은 싸움의 보람
나의 분노와 남아 있는 인간의 설움은
하늘을 찌른다.

폐허와 배고픈 거리에는
지나간 싸움을 비웃듯이 비가 내리고
우리들은 울고 있다
어찌하여?
소기所期의 것은 아무것도 얻지 못했다.
원수들은 아직도 살아 있지 않는가.

한 줄기 눈물도 없어

음산한 잡초가 무성한 들판에
용사가 누워 있었다.
구름 속에 장미가 피고
비둘기는 야전 병원 지붕에서 울었다.

존엄한 죽음을 기다리는
용사는 대열을 지어
전선으로 나가는 뜨거운 구두 소리를 듣는다.
아 창문을 닫으시오

고지 탈환전
제트기 박격포 수류탄
"어머니" 마지막 그가 부를 때
하늘에서 비가 내리기 시작했다.

옛날은 화려한 그림책
한 장 한 장마다 그리운 이야기
만세 소리도 없이 떠나
흰 붕대에 감겨
그는 남모르는 토지에서 죽는다.

한 줄기 눈물도 없이
인간이라는 이름으로서
그는 피와 청춘을
자유를 위해 바쳤다.

음산한 잡초가 무성한 들판엔
지금 찾아오는 사람도 없다.

이 거리는
환영한다

───────────

반공 청년에게
주는 노래

어느 문이나
열려 있다.
식탁 위엔
장미와 술이
<u>흐르고</u>

깨끗한 옷도
걸려 있다.
이 거리에는
채찍도
철조망도
설득 공작도
없다

이 거리에는
독재도
모해謀害도
강제 노동도
없다
가고 싶은
거리에서
거리로
가라
어디서나
가난한

이 민족
따스한 표정으로

어디서나
서러운
그대들의
지나간 질곡을
위로할 것이니

가고 싶은
거리에서
네 활개 치고
가라
이 거리는
찬란한 자유의 고장

이 거리는
그대들의
새로운 출발점
이제 또다시
막을 자는
아무도 없다.
넓은 하늘
저 구름처럼
자유롭게

또한
뭉쳐 흘러라

어느 문이나
열려 있다
깨끗한 옷에
장미를 꽂고
술을 마셔라

5

자연을 노래한 서정시와

추가 발굴한 시

언덕

연鳶 날리던 언덕
너는 떠나고
지금 구름 아래
연을 따른다
한 바람 두 바람
실은 풀리고
연이 떨어지는 곳
너의 잠든 곳

꽃이 지니
비가 오며 바람이 일고
겨울이니
언덕에는 눈이 쌓여서
누구 하나 오지 않아
네 생각하며
연이 떨어진 곳
너를 찾는다

**고향에
가서**

갈대만이 한없이 무성한 토지가
지금은 내 고향*.

산과 강물은 어느 날의 회화繪畫
피 묻은 전신주 위에
태극기 또는 작업모가 걸렸다.

학교도 군청도 내 집도
무수한 포탄의 작렬과 함께
세상엔 없다.

인간이 사라진 고독한 신의 토지
거기 나는 동상처럼 서 있었다.
내 귓전엔 싸늘한 바람이 설레이고
그림자는 망령과도 같이 무섭다.

어려서 그땐 확실히 평화로웠다.
운동장을 뛰어다니며
미래와 살던 나와 내 동무들은
지금은 없고
연기 한 줄기 나지 않는다.

고향
박인환 고향은
강원도 인제. 이 시는
종군기자로 고향을
방문했을 때 쓴 시다.

황혼 속으로
감상感傷 속으로
차는 달린다.

가슴속에 흐느끼는 갈대의 소리
그것은 비창悲愴한 합창과도 같다.

밝은 달빛
은하수와 토끼
고향은 어려서 노래 부르던
그것뿐이다.

비 내리는 사경斜傾의 십자가와
아메리카 공병工兵이
나에게 손짓을 해 준다.

인제 麟蹄

인제
봄이면 진달래가 피었고
설악산 눈이 녹으면
천렵 가던 시절도
이젠 추억.

아무도 모르는 산간벽촌에
나는 자라서
고향을 생각하며 지금 시를 쓰는
사나이
나의 기묘한 꿈이라 할까
부질없구나.

그곳은
전란으로 폐허가 된 도읍
인간의 이름이 남지 않은 토지
하늘엔 구름도 없고
나는 삭풍 속에서 울었다
어느 곳에 태어났으며
우리 조상들에게 무슨 죄가 있던가.

눈이여
옛날 시몽의 얼굴을 곱게 덮어 준
눈이여
너에게는 정서와 사랑이 있었다 하더라.

나의 가난한 고장

인제

봄이여

빨리 오거라.

전원 田園

Ⅰ

홀로 새우는 밤이었다.
지난 시인詩人의 걸어온 길을
나의 꿈길에서 부딪혀 본다.
적막한 곳엔 살 수 없고
겨울이면 눈이 쌓일 것이
걱정이다.
시간이 갈수록
바람이 모여들고
한 간 방은 잘 자리도 없이
좁아진다.
밖에는 우수수
낙엽 소리에
나의 몸은
점점 무거워진다.

Ⅱ

풍토의 냄새를
산마루에서
지킨다.
내 가슴보다도
더욱 쓰라린
늙은 농촌의 황혼
언제부터 시작되고
언제 그치는

나의 슬픔인가.
지금 쳐다보기도 싫은
기울어져 가는
만하晚夏.
전서 위에서
제비들은
바람처럼
나에게 작별한다.

III
찾아든 고독 속에서
가까이 들리는
바람 소리를 사랑하다.
창을 부수는 듯
별들이 보였다.
칠월의
저무는 전원
시인이 죽고
괴로운 세월은
어디론지 떠났다.
비 나리면
떠난 친구의 목소리가
강물보다도
내 귀에
서늘하게 들리고

여름의 호흡이
쉴 새 없이
눈앞으로 지난다.

IV
절름발이 내 어머니는
삭풍에 쓰러진
고목 옆에서 나를
불렀다.
얼마 지나
부서진 추억을 안고
염소처럼 나는
울었다.
마차가 넘어간
언덕에 앉아
지평에서 걸어오는
옛사람들의
모습을 본다.
생각이 타오르는
연기는
마을을 덮었다.

식물

태양은 모든 식물에게 인사한다

식물은 이십사 시간 행복하였다.

식물 위에 여자가 앉았고
여자는 반역한 환영幻影을 생각했다.

향기로운 식물의 바람이 도시에 분다.

모두들 창을 열고 태양에게 인사한다.

식물은 이십사 시간 잠들지 못했다.

서정가抒情歌

실신한 듯이 목욕하는 청년
꿈에 본 조셉 베르네*의 바다
반半 연체동물의 울음이 들린다
새너토리엄*에 모여든 숙녀들
사랑하는 여자는 층계에서 내려온다
니자미*의 시집보다도 비장한 이야기
냅킨이 가벼운 인사를 하고
성하盛夏의 낙엽은 내 가슴을 덮는다.

조셉 베르네
19세기 프랑스의
유명 화가.

새너토리엄
결핵 환자 등을 위한
요양소.

니자미
페르시아 유명 시인.

**장미의
온도**

나신裸身과 같은 흰 구름이 흐르는 밤
실험실 창밖
과실의 생명은
화폐 모양 권태하고 있다.
밤은 깊어 가고
나의 찢어진 애욕은
수목樹木이 방탕하는 포도鋪道에 질주한다.

나팔 소리도 폭풍의 부감俯瞰도
화판花瓣의 모습을 찾으며
무장한 거리를 헤맸다.

태양이 추억을 품고
안벽岸壁을 지나던 아침
요리의 위대한 평범을
Close-up한 원시림의
장미의 온도

영원한
일요일

날개 없는 여신이 죽어 버린 아침
나는 폭풍에 싸여
주검의 일요일을 올라간다.

파란 의상을 감은 목사와
죽어 가는 놈의
숨 가쁜 울음을 따라
비탈에서 절름거리며 오는
나의 형제들.

절망과 자유로운
모든 것을…

싸늘한 교외의 사구砂丘에서
모진 소낙비에 으끄러지며
자라지 못하는 유용식물有用植物.

낡은 회귀의 공포와 함께
예절처럼 떠나 버리는 태양.
수인囚人이여
지금은 희미한 철형凸形의 시간
오늘은 일요일
너희들은 다행하게도
다음 날에의
비밀을 갖지 못했다.

절름거리며 교회에 모인 사람과
수족이 완전함에 불구하고
복음도 기도도 없이
떠나가는 사람과

상풍傷風된 사람들이여
영원한 일요일이여

상풍傷風된 사람들이여

구름

어린 생각이 부서진 하늘에
어머니 구름 작은 구름들이
사나운 바람을 벗어난다.

밤비는
구름의 층계를 뛰어내려
우리에게 봄을 알려 주고
모든 것이 생명을 찾았을 때
달빛은 구름 사이로
지상의 행복을 빌어 주었다.

새벽 문을 여니
안개보다 따스한 호흡으로
나를 안아 주던 구름이여
시간은 흘러가
네 모습은 또다시 하늘에
어느 곳에서도 바라볼 수 있는
우리의 전형
서로 손잡고 모이면
크게 한 몸이 되어
산다는 괴로움으로 흘러가는 구름
그러나 자유 속에서
아름다운 석양 옆에서
헤매는 것이
얼마나 좋으니.

봄 이야기 농부가 술을 마실 때 나무에서 새가 날았다.
봄날. 언젠가 사나운 겨울이 가고 봄은 왔단다.
사랑이 싹트고 웃음이 우거지는 전원.
조마사調馬師와 수녀.
풍경 속에서 종이 울린다.

주장酒場의 작부酌婦와 손을 맞잡고
꽃 이야기는 어울리지 않는다. 그저
옛날이 아니면 내일의 거짓말을 하면서
이날을 보내는 것이다.

술을 마시고 나면 아무에게나 인사해도 좋다.
산과 강물은 푸르고 인생은 젊었다.
농부의 말은 숲속으로 달아나고
옷 벗은 수녀는 수치를 모른다.

황혼. 연지와 같이 고운 하늘은 멀다.
물방아는 돌고 바람은 가슴을 찌른다.
그럴 때 새가 재잘거리는 것처럼
사람들은 휘파람에 맞추어 노래한다.
…봄은 진정 즐거운 것인가…고.

교회의 종소리가 어둠을 알린다.

**봄은
왔노라**

꽃. 이른 봄에 핀다.

겨울의 괴로움에 살던 인생은 기다릴 수 있었다.
마음이 아프고 세월은 가도 우리는 삼월을 기다
렸노라.

사랑의 물결처럼
출렁거리며 인생의 허전한 마음을 슬기로운
태양만이 빛내 주노라.

전화戰火에 사라진
우리들의 터전에
페르스네즈*의 꽃은 피려니
'세계가 꿈이 되고
꿈이 세계가 되는'
줄기찬 봄은 왔노라.

어두운 밤과 같은
고독에서 마음을
슬프게 피로疲勞시키던 겨울은
울음소리와 함께 그치고

단조로운 소녀의
노래와도 같이

그립던 평화의 날과도 같이

페르스네즈
희고 작은 백합과의
꽃. 이른 봄에 핀다.

인생의 새로운 봄은 왔노라.

5월의 바람

그 바람은
세월을 알리고

그 바람은
내가 쓸쓸할 때 불어온다

그 바람은
나에게 젊음을 가르치고

그 바람은
봄이 떠나는 것을 말한다

그 바람은
눈물과 즐거움을 갖고 있다

그 바람은
5월의 바람

**3.1절의
노래**

즐겁게 3.1절을 노래했던 해부터 지금 십 년이 지
났다.
독립이 있었고
눈보라 치던 피난을 겪으며
곤란과 서러움의 십 년이 지났다.

변함없이 푸르른 하늘
그때의 사람과
그때의 깃발을
하늘은 잊지 않는다.
아니 내 아버지와 내 가슴에
저항의 피가 흐른다.

지금 우리는 소리 없이 노래 부른다
노래를 부르지 않아도 좋다.
그것은 무겁게 민족의 마음에
간직되어 있고
우리는 또한 싸움의 십 년을 보냈다.

우리는 보지 못했어도
저 하늘은 선열의 주검을 보았고
그때의 태양은
지금의 태양

3월 초하루가 온다.

맑은 하늘과 우리의 마음에
독립과 자유를 절규하던
그리운 날이 온다.

맑은 하늘과 우리의 마음에
독립과 자유를 절규하던
그리운 날이 온다.

구름과 장미

구름은 자유스럽게
푸른 하늘 별빛 아래
흘러가고 있었다.

장미는 고통스럽게
내려 쪼이는 태양 아래
홀로 피어 있었다.

구름은 서로 손잡고
바람과 박해를 물리치며
더욱 멀리 흘러가고 있었다.

장미는 향기 짙은 몸에 상처를 지니며
그의 눈물로 붉게 물들이고
침해하는 자에게 꺾여 갔다.

어느 날 나는 보았다.
산과 바다가 정막에 잠겼을 때

구름은 흐르고
장미는 시들은 것을.

봄의 바람 속에

경사진 도시의 한복판에
또는
줄기찬 혹한을 벗어난
봄의 바람 속에
우리의 암담한 청춘은 간다.

노래를 잊은 시인과 같이
그 바람에는 흐뭇한 감정도 없고
오랜 음영에 시달린
여윈 소리만이 흘렀다.

나는 보았다.
길목에서 낡은 신문 조각을
그리고 이 차디찬 세계의 여운을
품안에 안고
그 봄의 바람이 떠나는 것을.

전연 삭풍이라고 불리던 것이
경사된 도시의 한복판에
계절의 태양이 오면
봄의 바람이 되고
지금 이지러진 청춘 때문에
나는 그것이 부드럽게 생각이 된다.

**가을의
유혹**

가을은 내 마음에

유혹의 길을 가리킨다

숙녀들과 바람의 이야기를 하면

가을은 다정한 피리를 불면서

회상의 풍경을 지나가는 것이다.

전쟁이 길게 머무른 서울의 노대露臺에서

나는 모딜리아니의 화첩을 뒤적거리며

정막寂寞한 하나의 생애의 한시름을

찾아보는 것이다

그러한 순간

가을은 청춘의 그림자처럼 또는

낙엽 모양 나의 발목을 끌고

즐겁고 어두운 사념의 세계로 가는 것이다.

즐겁고 어두운 가을의 이야기를 할 때

목멘 소리로 나는 사랑의 말을 한다

그것은 폐원廢園에 있던 벤치에 앉아

고갈된 분수를 바라보며

지금은 죽은 소녀의 팔목을 잡던 것과 같이

쓸쓸한 옛날의 일이며

여름은 느리고 인생은 가고

가을은 또다시 오는 것이다.

회색 양복과 목관악기는 어울리지 않는다

그저 목을 늘어뜨리고
눈을 감으면
가을의 유혹은 나로 하여금 잊을 수 없는
사랑의 사람으로 한다
눈물 젖은 눈동자로 앞을 바라보면
인간이 매몰될 낙엽이
바람에 날려 나의 주변을 휘돌고 있다.

즐겁지 않은 계절

신록에 붙여서

우리들이 신록이라고 즐거워할 시간은 이미 지났다.

그 무엇이 우리를 변하게 하고 즐겁게 한단 말이냐.

나무가 푸르고 강엔 물이 흐르고

집과 산 위에 해가 지고 달이 뜬들

이것이 어떠하단 것이냐.

이것은 자연의 흐름

그 속에서 우리는 옛날을 이야기할 수 없고

문학과 인생이 시든

이런 시대에 살면서 또한 신록을 노래할 것인가.

풍경은 우리의 마음에서 고갈되어 갔다.

눈에 보일지 모르나 그것은 의미가 없었다.

우울하다기에는 늙었고

외롭다는 소리를 들어주는 사람이 없다.

그저 이러한 계절이 온다면

얇은 유리잔 속에 든 진피스를 마시면 된다.

올리브의 가냘픈 향기!

신록은 떠나는 것이다.

간직할 수 없는 허망이다.

(1955년 5월 29일 서울신문)

대하 大河

큰물이 흐른다

역사와 황혼을 품안에 안고

인생처럼

그리고 지나간 싸움처럼

구비 치며 노도怒濤하며

내 가슴에 큰물이 흐른다.

신비도 증오도

피라미드도 불상도 그 위에 흐르고

내가 살던 아크로폴리스 마을에

큰물이 흐른다.

어느 산줄기에 그 수원이 있는가

어느 가슴 아픈 인간의 피눈물인가

나는 보았다

썩은 다리와 고목들이

큰물에 씻겨 나가는 것을

벼루와 서책이 출렁거리는 것을

큰물이 흐른다

목메어 우는 사람과

고달픈 역사와 황혼을 품안에 안고

침울한 큰물이 흐른다.

과거는 잠자고

오직 대하가 있다.

(1956년 1월 29일 국제신문)

도시의 여자들을 위한 노래

알렉스 콤포트_{Alex Comefort}

오! 눈雪과 불타는 포화의 세계여

밤과 요동하는 램프의 국토여

오! 동포와 적의 밤이여

나는 그대와 만났다 그대는 또다시 돌아올 것이다

그대의 손은 고독에 빠져있는 애인들과

모든 노래와 아직 출생하지 않은 어린애에의

복수에 빛나는 별로서 가득 차 있다

포화속의 '애애哀愛로운 공주'여

그 여자의 애인은 전사했다

그 여자의 애인은 전사했다-

모든 공동空洞의 자궁을 위해 헤어진 두 손가락을 위하여

복수는 불꽃이 되어 저편 별들을 향하여 비상한다

그 여자를 위해 붉은 눈과 같이 차광의 바람 속에서

나는 흰 새와 같이 또다시 내려올 것이다

그 여자를 위해 포화는 바람에 섞여 거리거리는

뛰어가는 발과 불의 흐름을 동반하고 빛나고 있다

그 여자의 애인은 전선에서 죽었다

그 여자를 위하여 눈은 흰 하늘에

조용하게 흐르면서 합치는 개울처럼 사랑의 사람이 된다

소녀들이 유행하는 조용한 노래를 부르는 들판에서

그들의 손가락과

불타는 지붕과 뛰어가는 발은

그 여자의 상부喪夫에 복수하려고 친한 형제들 모양 그 여자 뒤를
　　　따른다

그러면 높이 날아가는 포화는 지금 또다시 그 여자를 뒤따를 것
　　　이다

이러한 '유다'들에 대한 여자들의 분노여

오! 저 창백한 신부들은 그 여자의 뒤를 따르고

그 여자의 눈물로 빛나는 머리를 빨 것이다!

(1954년 시작 7월호)

6

영화를 좋아한 시인의
영화 평론과 수필

'버지니아 울프'의 인물과 작품
세계의 여류작가 군상群像

'버지니아 울프'는 1920년대에서 30년에 걸쳐 신리주의 문학이 낳은 극히 중요한 여류작가이다. 그는 총명하고 남성에게 적지 않는 교양과 재능을 구비하고 특이한 작품을 남겼으나 결국 여류작가였기 때문에 더한 의의를 가지고 있었다고 생각된다.

그의 아버지는 문예비평가인 레슬리 스티븐이다. '스티븐'은 일시《곤힐 매거진》지의 주필을 하고 19세기 후반의 영국 문단에 세력을 보유하고 있었으므로 그의 살롱에는 당대의 일류문학가와 예술가가 출입했다. 소녀시절 울프는 그러한 가정의 분위기에서 감득感得한 것이 적지 않았다.

1904년 부친이 사망하고 그는 언니와 함께 런던의 중심부인 블룸즈버리로 거주하게 되면서부터 이 두 사람의 젊고 아름다운 영양令孃의 주위에는 새로운 지식인이 모이게 되어 '블룸즈버리' 클럽을 만들었다.

미술 비평가인 클라이브 벨, 정치경제 평론가인 레너드 울프,

소설가인 E. M. 포스터, 전기 작가인 리턴 스트레이치 등은 누구나 이 일군一群에 속하고 그들의 활동으로 인하여 블룸즈버리라는 것은 하이브라우를 의미하게 되었다. ‘특히 블룸즈버리 그룹은 그 귀족적 성격으로 인하여 일부에 반감을 가지게 된 것도 사실이며 윈덤 루이스는 그들을 비웃고 있다.’

그동안 규수 화가인 버네사는 클라이브 벨과 결혼하고 버지니아도 1921년 레너드 울프와 결혼하였다.

그리고 울프 부부는 런던 교외인 리치먼드에서 ‘호가스 프레스’라는 조그마한 출판 서점을 경영하게 되었다. 이 호가스 프레스에서는 문학 및 문학 비평에 관한 진보적인 양서가 많이 간행되었다.

예를 들라면 후에 ‘뉴 컨트리파’라고 하는 새로운 시민들의 출발점으로 된 앤솔러지 《신서명》(1932)도 이곳에서 나온 것이다.

또한 그중에 뉴 컨트리파의 신진 시인으로 서반아 전선에서 전사한 줄리안 벨은 벨 부처의 아들로 즉 울프의 조카이다. 버지니아 올프의 저작도 대개는 호가스 프레스의 출판이고 가끔 버네사가 표지의 도안도 그리고 있다.

올프는 20세부터 소설을 썼으나 약한 신체이므로 조금씩 밖에는 쓰지 못하였고 본래 양심적인 탓으로 처녀작을 발표한 것은 34세이다.

그러나 그 후부터 차차로 창작력이 강해져서 일작일작一作一作으로 새로운 경지를 개척하여 20세기의 영문학에 오리지널한 실험의 족적을 남기게 되었다. 소설은 전부가 11편이고 그 외 대소의 에세이가 약 10권이나 달하고 있다.

　습작시대의 《항해》(1915, 국내에는 '출항'이란 제목으로 소개됐다)와 《밤과 낮》(1919)은 그리 주목할 것은 없으나 전자에는 생생한 감수성이 보이고 후자에는 제인 오스틴의 영향이 많다. 《월요일이나 화요일》에서 돌연히 하나의 변화를 보였다. 이것은 스케치 류의 단편을 모은 것이며 외계에 있어서의 사소한 현상이 내면의 심리에 어떠한 파문을 던지고 그것을 모자이크 같은 시적 산문으로 실험한 것이다.

　이것을 하나의 테마에까지 가지고 간 것이 《제이콥의 방》(1922)이다. 주인공인 제이콥의 유년 시대에서 청년기의 여러 가지 경험하는 도정을 제이콥 자신이 아니고 제이콥의 존재로 흔들리는 공기로 가득 찬 제이콥 방으로 인하여 암시하려고 하였으나 결과는 성공하지 못했다. 그러나 그 후 《댈러웨이 부인》(1925)과 《등대로》(1927)로 인하여 울프는 그 아름다운 유연한 형식을 연마할 수가 있었다.

　《제이콥의 방》은 제임스 조이스의 《젊은 날의 예술가의 초상》에 닮은 형식이 있으나 《댈러웨이 부인》은 명백히 《율리시스》의 일 베리에이션으로 볼 수가 있다. 52세의 대의사代議士 부인 클라리사 댈러웨이의 하루에 일어나는 것을 내부적인 드라마를 중심으로 하여 전개시키는 방법은 이곳에서 잘 성공하였다. 즉 개인의 순간순간에 업혀 가는 충동, 기억 정서를 나타내는 것으로 그 성격, 그것에 축적된 과거가 차차로 풀리어 나타나는 것이다. 《율리시스》보다는 훨씬 스케일이 작으나 올프는 올프의 스타일로 그의 한계 내에서 그 특이성을 발휘하고 있는 것이다. 올프의 유수와 같이 아름다운 그리고 투명하고 서정적인 스타일은 결국 《등대로》에서 완벽에 달하였다고 볼 수가 있다.

특히《시일은 지나간다》의 1장은 20세기 영문학 중에서도 드문 아름다운 산문이다. 그것과《등대로》의 청려淸麗함은 전면에 넘치는 플라토닉한 이념에서 동경이라고 할까 청명한 정신에 인한 것이 많을 것이다. 그러한 의미에서《등대로》는 울프 문학의 최고봉이라 할 수 있다. 조이스의 영향도 물론 있으나《댈러웨이 부인》과《등대로》에 있어서의 과거에의 회상적인 수법은 마르셀 프루스트에 배운 것이라고 상상된다. 또한 이와 같은 두 개의 작품과 그 후의《올랜도》(1928) 등에 보이는 '시간의 관념'에는 베르그송 철학이 들어 있는 것을 어떤 비평가는 지적하고 있다.

그의 전려典麗한 스타일은 어디서 온 것일까?《월요일이나 화요일》에서 일변한 그것은 생각건대 1915년 전후에 영미시단에 대두한 '이미지즘'에서 온 것이라고 생각된다. 또한《등대로》에서 볼 수 있는 리리시즘은 빅토리아 시대 문학에서 들어온 것일지도 모른다.

울프는 지적인 여성으로서는 전 시대의 깊은 인습을 버리고 자유스러운 생각을 하는 두뇌를 가지고 있으나 일면에서는 이와 같은 빅토리아 시대 후기의 로맨틱한 심미주의를 부활시키고 있는 것이다. 그의 실험 이면에는 이와 같은 영문학의 전통도 숨어있는 것을 알아야 할 것이다.

《등대로》에서 일전하여《올랜도》,《파도》(1931),《플러시》와 계속하는 세 편의 작품은 일견 기발한 그의 재기를 대담하게 제시하고 있는 것이다.《파도》는 여섯 명의 남녀의 유년 시대에서 중년에까지 인생경로를 모놀로그의 배치에 의한 희곡적 형식으로 표현한 것으로 재미있는 착상이나 조금 무리한 것이라고 생각된다. 또 《올랜도》와 《플러시》는 전기傳記라고 되어 있으나 두 개가 다 허구의 전기, 즉 전기의 형식을 빌린 소설인 것이다.

《올랜도》의 주인공은 엘리자베스 시대의 귀족으로 현대에까지 살아있으나 아직 30여 살 밖에 되지 않았다. 그리고 이 인물은 도중에 남성에서 여성으로 전신하여 그 일생에 양성의 생활을 아는 것이다. 이러한 성의식 외에 이 작품에서는 영국 3백 년에 걸친 지적 문화의 역사가 들어있고 그것을 올랜도의 반생 30년과 결합시킨 시간의 교류가 기획되어 있다. 이와 같이 유동적인 시간을 염두에 둔 것은 확실히 베르그송이즘이다. 《플러시》는 시인 브라우닝의 부인으로 엘리자베스 버렛의 애견을 주인공으로 하여 제종의 문헌을 인용해가며 개의 심리를 창조하고 있다.

그 후 '울프'는 만년이 되어 《세월》(1937)과 《막간》(1941)의 대작을 내놓았다. 거기서는 그의 심리주의적 수법은 일층 원숙하여 또 심화되었다고 볼 수 있을 것이다. 비평가에게서는 '막간'을 격찬하는 사람도 있으나 '세월'이 더 큰 가치를 가진 것으로 생각된다. 《세월》은 《댈러웨이 부인》에서 얻은 테크닉을 더한층 확대하여 스포트 라이트에 나타나는 등장인물은 50명에 달하고 470페이지에 걸치는 장편이다.

영국의 상중층上中層 계급에 속하는 퇴역 대좌의 일기가 차차로 생장하여가는 계보를 연대기적으로 1880년에서 시작하여 현대에 이르게 하고 있다. 이것은 말하자면 근대 영국 사회의 일 파노라마인 것이다. 평면적인 사실과 외측의 서술은 일절 피하고 인물 각자의 의식 중에 깊이 잠입하여 상호의 연결과 조응 중에 인생의 모형을 묘출한 것이다. 전에는 심리주의의 초점을 개인에게 두고 있었으나 이곳에서는 그것을 집단적 취재에 옮기어 작자 자신은 자연 중에 숨어 세월이 흘러가는 것을 보고 있는 감이 있다.

《세월》은 확실히 '울프' 문학의 일대 집성이라고 하여도 좋다.

울프의 에세이에 대해서는 상세한 것을 기술할 여지가 없으나 그 작품과 불가분의 것이 적지 않다. 초기의《베넷 씨와 브라운 부인》(1924)에서는 베넷, 웰스, 골와지 등 남성의 선배 작가를 '유물론자'라고 공격하고 또《보통 독자》(1925) 중에서도 그의 새로운 소설론을 제시하고 있다. 그중 가장 흥미 깊은 것은《자기 하나만의 방》(1929, 국내에는 '나만의 방'으로 소개됐다)이며 여기서는 영국의 과거 여류작가의 고뇌를 설명하고 부인이 좋은 소설을 쓰기 위해서는 최소한의 생활비와 자기가 선유할 수 있는 방이 보증돼야만 한다고 말하고 있다.

울프는 제1차 대전 후의 새로운 자각을 가진 여성의 대표적인 일인이다. 그리고 그가《3기니》(1938)를 쓰고 '남성이 일으키는 전쟁에 어찌하여 여성이 참가하여야 하는가?', 라고 항의하였음에도 불구하고 제2차 대전은 일어났다.

런던은 밤낮 공습을 받고 섬세한 그의 신경은 그것에 이길 수 없었던지 1941년 템스 강에 투신하여 버렸다.

(1954년 女性界 11월호)

크리스마스와 여자

크리스마스라고 하지 않아도 여자… 라고 생각할 땐 나는 눈 내리는 시베리아 들판으로 유형 되는 카츄사(톨스토이의《부활》에 나오는 인물―편집자 주)를 생각한다. 또 눈이 내린다. 내 가슴에 가볍게 눈이 내린다 하면 크리스마스를 역시 연상케 하는 것이다.

실상 나와 크리스마스와 여자와는 웬일인지 나에게 인연이 깊은 것 같은 지나친 나의 리리시즘의 정신이라고 하여야만 되겠다.

겨울 날 밖에는 눈바람이 쌩쌩 부는데 따스한 방안에서 처음 만나는 여자와 손이라도 잡고 시인 '구르몽'의 시몬의 이야기라도 하고 싶다. 그리고 이야기가 멈출 때 양주라도 한 잔 마시며 창 밖 풍경을 내다보는 것도 정서적일지 모르나 요즘과 같이 준열한 시대에서는 요만한 낭만도 있을 성싶지가 않다.

겨울은 외로운 계절이다. 무척 마음을 상하게 하는 밤들이 이어온다. 그럴 때 여자를 만나 크리스마스 이브의 종소리를 들으면 잠들지도 못하고 그러면서도 고요한 거리… 절대 눈이 내려야 하는 거리를 걷는다면 얼마나 좋을 것인가?

공상이나 잡념을 고만 두고 좀 더 절실한 이야기를 하고 싶다. 암만 마음속으로 크리스마스와 여자에 관한 달콤한 얘기를 한댔자 기분이 아울러지지는 못할 것이다.

지금으로부터 ×년 전 그곳은 부산이었다. 부산의 크리스마스이브는 눈이 오지 않았다. 이것부터가 우습다. 내가 일을 보고 있었던 회사는 가톨릭계였기 때문에 나를 빼놓은 사원의 대부분은 초저녁부터 교회에 가는 것이다. 나는 혼자 이 집 저 집의 아는 주점을 찾아다니며 술을 마시고 혹시 산타클로스 할아버지나 만나면 용돈이나 달라고 싶은 심정이 되었다.

밤은 깊어졌다. 교회의 앞을 지난 때 요란스럽게 그러면서도 부드러운 찬미가가 들린다. 마치 술 취한 나를 비웃는 듯이….

골목길을 지나 막 다음 골목으로 빠지려고 할 때 한 소녀가 울고 있었다. 보통 때 같으면 물어볼 필요도 없었지만 술의 힘을 빌려 왜 우는가를 물었다. 아버지가 돌아가셨다는 것이다.

크리스마스 날 밤의 죽음 나는 술이 활짝 깼다. 집이라고는 말뿐 판잣집 속 희미한 등불 아래에서 그의 어머니도 역시 흐느껴 울고 있다.

그래서 지나가는 행인의 친절로 주머니 속에 있던 돈을 모조리 꺼내어 조위금으로 털어 버렸다. 그의 아버지가 무엇을 하던 사람인가. 그 소녀의 이름이 무엇인지 알 필요도 없이 나는 그들이 거절하는 것을 뿌리치고 산타클로스 할아버지의 역할을 했을 따름이다.

세월이 갔다. 벌써 4~5년은 되는 것 같다. 그 소녀는 성숙했을 것이며 또한 미인이 되었을 것이다. 지금까지 솔직히 말하면 이런 제목으로 글을 쓰라고 청탁을 받기 전까지 그런 일을 또 소녀를 조금도 생각지도 않았으며 사실상 잊어버리고 말았다.

크리스마스와 여인 하면 무슨 신비스럽고 아기자기하고 흐뭇한 이야기가 있을 것 같아 이런 제목이 주어졌을 것이다. 그러나 막상 크리스마스와 여인을 관련해서 생각해 보려니 역시 구미를 돋굴 만한 이야기가 나오지 않는다.

그저 잊어버린 기억에서 몇 해 전, 산타클로스 할아버지였던 이 기억이 가물가물 떠오르는 것이다. 그리고 그 밖에 별다른 여인도 추억도 떠오르지 않은 채로 나는 좋다.

크리스마스 날 밤 아버지를 여의고 흐느꼈던 그 낯모르는 소녀의 애처롭던 모습을 생각해 내는 것 만으로서도 나에게는 흡족한 것이다.

올겨울의 크리스마스에는 눈이 오셨으면 한다. 나는 그다지 흥취가 일어나지 않을 것이다. 좀 심이 펴져 집에 양주나 몇 병 사다 놓고 좋은 친구와 술을 나눌 때 그때의 소녀가! 아니 지금은 성장한 여자가 되어 점잖고 출중한 청년과 함께 크리스마스 날 밤에 작고한 아버지의 이야기나 하며 걸어가는 것을 들창으로 바라다 보았으면 좋겠다.

이것은 나의 지나친 환상도 아니며 가능성 없는 이야기도 아니다.

크리스마스와 여자… 너무도 즐겁고 너무도 서러운 이야기가 되고 말았다. 시베리아로 간 카츄사의 청춘의 날과도 같이….

（1955년 新太陽 2월호）

1947년 초겨울에 약혼을 하였습니다. 4~개월간의 교제 끝에 두 사람은 앞으로 결혼을 함으로써 지나간 과거에 성실할 수 있다는 믿음 밑에 그 약속으로 약혼을 한 것입니다.

실상 약혼이라는 것은 생각지 않는 의무와 책임을 마음에 초래시키는 것 같습니다. 그전까지 막연히 사랑을 속삭이던 입에서 이제는 결혼을 하면 어떻게 하자든가, 또는 생활에 있어서의 경제적 문제는 어떻게 타개해 가면 좋을 것 같다고 말하게 되었습니다.

그 다음해 4월 결혼을 하기까지 약혼시절을 5~개월 보낸 것 같습니다. 그러는 동안 우리는 하루도 빼놓지 않고 매일 만났습니다. 지금 생각해도 그렇게 매일 만난 것이 몹시 신기하고 힘든 일이었다고 마음속으로 웃고 있습니다.

우리는 적어도 나로서는 앞으로 아내가 될 사람에게 나의 환경이라는 것을 아르칠 필요가 있었고 상대편에서도 그것을 원했기 때문에 친구들과 선배에게 소개도 하고 인사도 시켜서 여럿이 함께 어울려 유쾌한 시간도 보냈습니다.

당시 가까이 지낸 분은 박영준, 이봉구, 송지영씨 등이며 박 선생은 우리 결혼식에 들러리를 섰습니다. 지금도 내 아내는 이분들을 제일 좋아하며 그때 여러 가지로 듣고 이야기해 주신 것을 잊지 않고 있습니다.

우리는 지금 경제적으로 그리 풍요한 것이 못 됩니다. 하지만 내 아내는 그러한 장려가 되어도 참아 살아갈 것을 약혼시절에 이미 각오한 모양이고 정신의 존귀성을 지니고 살아가는 사람들의 행복을 부러워할 줄 알아야 되는 것을 상기한 여러분한테서 배웠는지도 모릅니다.

나는 그 무렵 책을 많이 읽었습니다. 그리고 다 읽고 난 책은 반드시 상대에게 빌려주고 남자를 이해하고 함께 오래 살아가려면 내가 본 책을 반드시 읽어달라고 권했습니다.

며칠 후면 독후감을 이야기하는 것입니다. 그것이 화제가 되어 우리는 서적의 인물이나 작가의 의도와 사상에 관해 참으로 진지한 의견도 교환하였습니다. 물론 다른 약혼자들도 그러할 줄 아오나 좋은 일을 나도 했고 나하고 자찬을 합니다.

얼마 전 내 아내는 "요즘 나는 당신과 거리가 멀어진 것 같소." 하기에 나는,

"당신은 어린애도 기르고 살림이 고된 까닭에 책을 보지 못해서 그런 게 아니요?"라고 대답을 하였습니다.

우리는 그때 '아포리겔'(기욤 아폴리네르를 말한다. 기욤은 박인환이 좋아한 '마리 로랑생'의 연인이었다.—편집자 주)의 시를 많이 읽었습니다.

'미라보 다리 아래 세느강이 흐르고 나의 청춘이 흐른다. 세월

은 흐르고 나는 남는다.'라는 그것이 좋아서 밤이면 함께 거닐 때 암송도 했었습니다. 나는 그를 되도록이면 정서의 세계에 접근시키려고 애썼고 그러한 것을 아내 될 사람이 또한 즐겼기 때문에 무척 마음이 행복했었습니다.

남보다 유달리 오랜 약혼 기간이었기 때문에 피차 상대를 알기에 참으로 도움이 되었습니다. 그때보다 내가 달라진 것은 술을 많이 마시게 된 것뿐이고 아내는 의외에도 살림에 열심한 사람이 되었습니다.

나는 지금 회상하건대 약혼이라는 것은 반드시 있어야 하며 그 기간이 참으로 중요한 시기라고 생각합니다. 남자된 사람은 대체적으로 앞으로 자기가 어떤 생활과 의견으로서 살아갈 것을 미리 알아채어서 그것을 형성할 환경과 정신적인 품속에 여자를 끌어들여야 하며 또한 서로 융합해 가지고 속히 이해의 길을 찾는 것이 좋을 것 같다고 생각합니다.

약혼시절의 글은 한 20년 후에 쓸까 했더니 불과 7~8년이 된 오늘 그 일단을 적게 되었습니다.

(1956년 女苑 2월호)

아메리카 영화 시론 試論

우리들은 너무나 가혹한 견지에서 아메리카 영화를 관람하며 비판하여 왔다. 아메리카인의 습성과 기질을 잘 알지도 못하고 관념적인 관찰만 하여왔다. 이것은 단지 우리들의 지식의 빈곤에서만 온 것이 아니라 어떤 종의 사회제도가 주는 계급의식에서 유달리 지나치게 한 것이다. "아메리카 문학의 연구자는 예외적으로 그 연구의 제조건이 좋다. 최초에서부터 하려 해도 불과 350년의 역사를 알면 되고 그 대상의 지리적 고립과 통일에 관한 문헌도 비교적 완비되어 있다. 또 발전 그 자신이 직선적이며 아메리카 생활은 야성적인 개척의 세계에서 고도로 기계화된 문명으로 신속히 움직이며 세계 어느 나라에 비할 수 없는 변화를 하고 있다." 이 글은 어떤 아메리카 문학사를 런던 타임스의 문학주보가 비평한 것이다.

1. 콜로니의 세계

그러나 우리들이 아메리카 영화를 이해하기 위해선 아메리카 영화의 역사가 아니고 차라리 그 배후의 아메리카 문화와 사상의 유동을 아는 것이 오늘의 영화 관상觀賞에 좋은 도움이 될 것이다.

우리들은 350년을 연구하지 않아도 오늘의 아메리카에서라도 우리와는 먼 거리의 정신적 풍속을 발견한다. 요즘 신문이나 잡지에서 읽을 수 있는 아메리카의 사회 현상 그리고 유나이티드 뉴스의 경마장 풍경, 새로운 형의 자동차 경주 등으로서도 아메리카의 측면을 알 수 있다. 사상을 알려고 하는 것은 약간 힘들지는 모르나 트루먼 대통령의 의회 보고 연설이 절대적인 찬성리에 그치고 그 다음날이면 아메리카 시민은 모두들 이 연설이 가진 의의를 잊어버린다. 아메리카는 350년의 새로움을 가질망정 더 한층 복잡하다. 여기에 오늘의 아메리카의 비극이 있다. 콜로니의 세계의 전형적인 절망이 있다. 아메리카가 신세계였으므로 기다릴 만한 전통을 가지지 못했으므로 아메리카 영화의 이면은 더욱 비참한 것이다.

우리는 콜로니 문명을 절대적으로 알지 못하면 아메리카, 즉 콜로니의 세계를 말할 수 없다. 오늘의 아메리카의 표정, 그 비극성은 다른 어떤 예술보다도 늦게 영화에 나타났다. 무엇보다도 오늘의 감촉이 민감한 영화에서 가장 늦게 나타났다.

2. 오락성

아메리카 영화의 숙명, 즉 오락성을 새삼스럽게 말하고 싶지 않다. 아메리카 영화는 오락 영화로선 세계 어느 나라보다도 단연 우수하다. 그것이 비교적 재미있고 기교 있게 되어 있다는 것은 아메리카 영화의 제작기구와 필요적인 관계를 맺고 있는 까닭이다. 여러 가지 작품이 비슷비슷하다는 것도 결과로선 오락성이 비슷하다는 것밖에 없다.

전통이 없는 아메리카에서 영화가 기성예술에게 방해당하지 않고 자유스럽게 진행된 것은 극히 자연스러웠으나, 오락 이상의 것을 추구한 사람들에게는 불만을 주었다.

완성기 이후의 영화가 그 예술적 완성을 본 것은 차라리 아메리카가 아닌 다른 나라에서 하였다고 보는 것이 당연할지도 모른다.

2차 대전 전 「꺼져가는 등불」, 「평원아平原兒」, 「잃어버린 지평선」 등은 서정시적인 데도 있으며 대체로 꿈과 로맨스를 그린 작품이었다. 이 무렵의 아메리카 영화는 무난한 오락성을 가지고 있었다. 꿈을 그리고 사랑을 표현한다는 것은 영화가 처음부터 지닌 커다란 특징이었다. 리스킨, 카프라의 지난날의 작품을 생각할 때 역시 꿈이나 로맨스라는 것은 아메리카 영화의 특징이 아닐 수 없다. 요는 꿈의 종류와 그 수법이겠으나 영화를 오락으로서 볼 때에는 건전하고 아름답고 즐거운 꿈을 그린다는 것이 가장 충실한 사명이라 하겠다. 그러나 천편일률의 로맨스의 결말적인 해피엔드에선 거기에 얼마나 아름다운 꿈이 그려 있다 할지라도 몇 번 지나면 관객은 완전히 권태할 것이다.

아메리카 영화는 무슨 일이 있다 하여도 예술성보다 오락성을 가지고 있지 않으면 관객을 실망하게 한다. 관중층에게 만족하게 하려면 고답적인 영화는 벌써 실패다. 문학적이다 과학적이다 하더라도 물론 오락성이 필요하지만 아마 우리들은 기상천외의 생각을 하지 않는 한 아메리카 영화에서 재래적 예술성은 찾아보지는 않을 것이다.

해방 후 서울에서 상영된 영화를 보더라도 우리는 영화수법이나 제재가 예전 것보다 이상하게도 달라진 것을 지적할 수 있었다. 이것은 만일에 그들 영화 제작자들이 예술성을 도모하여만 들었다 할지라도 우리는 능숙하게 그 예술성을 알지 못하고 있다. 왜냐하면 우리들의 일상생활과 경험과 사고방식이 너무 이반되어 있고 우리는 아메리카 영화의 과거의 성격을 신경이 마비될 지경 잘 알고 있는 까닭이다.

우리들이 모르는 곳에 아메리카 영화는 오락과 함께 예술성을 동반하고 있다. 그러나 그 예술성 자체를 분명히 모르는 것은 날이 갈수록 우리가 더 많은 영화를 접견하면 완전히 알게 된다고 믿고 싶다. 그렇다 해서 모든 아메리카 영화가 단순한 의도 아래 스타 중심으로 오락성의 작품만을 기계적으로 제작한다면 그 경향이 심할수록 할리우드는 정서 없는 예술가의 집단이 될 뿐이요 영화인은 공업적 생산가 외의 아무것도 아닐 것이다.

3. 문학과 영화

아메리카에서는 소위 베스트셀러는 대반 영화화되는 모양이다.

아메리카의 영화회사에서는 새로 출판되는 작품을 보는 부문이 따로 있어 가지고 그 작품을 영화화하면 어느 정도의 흥행 가치를 얻을 수 있는가를 제일 먼저 염두에 둔다.

「라인강의 감시」의 원작자 릴리언 헬만도 신진 극작가로 유명하기 전까지는 그런 일을 했다. 흥행 가치만 있다면 어떤 예술적 소설이라도 저속하지 않을 정도로 영화화한다.

외지外誌를 보면 마가렛 미첼의 명작 『바람과 함께 사라지다 Going With the Wind』는 영화화된 작품으로선 미증유의 역사적 대작으로, 소설보다도 떨어지지 않는다고 한다. 이 소설의영화화는 여러 가지 점에서 흥미가 있는 것으로, 출판되기도 전에 1,037페이지의 대작을 영화사로 먼저 보냈다. 영화사에서는 5만 불을 지불한 다음 영화를 만들기 시작했다. 이런 모양으로 아메리카의 소설은 베스트셀러만 된다면 내용은 여하튼 간에 모두 영화화된다. 소설만 많이 읽게 되면 그 내용이 영화화하기에는 힘든 것이라도 영화사 내의 전 기능을 가지고 촬영 개시로 옮기는 것이다.

이러한 때에는 그 작품의 선전 가치에 커다란 매력을 느끼는 것이다. 예를 든다면 존 스타인벡의 『노한 포도 The Grapes of Wrath』, 『다람쥐와 사나이 Of Mice and Men』, 펄 벅의 『대지 Good Earth』, 크로닌의 『성채 TheCitadel』, 에리히 마리아 레마르크 『개선문 Arch of Triumph』 드라이저의 『아메리카의 비극 An American Tragedy』, 브롬필드의 『비는 온다 TheRains Cames』, 힐튼의 『굿바이 칩스 씨 Good-bye Mr. chips』, 다프네 드모리아의 『레베카 Rebecea』, 존 파시 『아다노의 종 A Bell for Adano』, 헤밍웨이의 『탈출 To Have and Have Not』, 헤밍웨이의 『누구를 위하여 종은 울리나 For Whom the Bell Tolls』, 허비 앨런의 『앤소니 어드버스Anthony Adverse』, 레이첼 필드의『땅 위의 모든 것과 천국도 All This,and Heaven Too』, 싱클레어 루이스의『공작부인Dodsworth』등이 있다.

여기에 쓴 작품「아메리카의 비극」,「대지」,「비는 온다」,「공작부인」등은 조선에서도 상영되었는데 놀랄 만한 사실은 영화는 소설의 일부분만 나타내고 있다는 것이다.「땅 위의 모든 것과 천국도」,「누구를 위하여 종은 울리나」,「탈출」같은 작품도 근일 중 상영될 것이다. 외지의 평을 보면 상기한 영화는 소설이 가지고 있는 표현의 반도 없다는 것이다. 영화에는 소설의 골격만 앙상하게 남길 뿐이요 영화로서의 특별한 조합은 도저히 만들기 힘든 모양이다.

이제부터 아메리카 영화도 소설을 영화화하는 중 차차 그 표현의 범위도 넓어질 것이고 그들이 이러한 문학작품을 추종하는 동안에 문학에 떨어지지 않을 만한 영화를 만들 것이다. 또 거기에 문학 자체가 아메리카의 현재의 생활과 인간정신의 심각한 면을 그리기 위하여 애쓰고 있는 까닭에 아메리카의 소설로부터 영화화된 작품은 아메리카의 생활의 표현으로서 보통의 영화보다도 대단한 흥미가 있을 것이다.

이러한 의미에서 아메리카 영화와 아메리카 문학과의 관계는 흥미 있는 아메리카의 단면을 장차는 나타낼 것이다. 문학과 영화는 아메리카뿐만이 아니라 세계 어느 나라에서든지 밀접한 관계인 것이다. 좋은 문학작품과 좋은 영화는 어느 시대에도 필요하다. 천학한 나는 베스트셀러만 이야기하였는데 아메리카 영화에는 베스트셀러 외의 소설을 가지고 영화를 만든 작품이 허다하다는 것도 말하겠다.

4. 예술성

물질문화가 극도로 발전하고 전통의 배경은 없는 아메리카는 예술의 온상은 되지 못한다. 그러나 구라파의 예술가들이 걱정하고 있는 탈피의 고뇌는 없다. 현재의 레벨은 적으나마 아메리카는 아메리카로서의 자신의 예술을 만들고 있다.

구라파의 영화와 아메리카의 영화의 예술을 우리는 평가할 때 구라파 영화(구라파의 영화 이것은 주로 불란서 영화를 말한다)는 내향성이고 아메리카영화는 외연성extérieur이라 한다. 현대의 아메리카 문학의 특색을 문학자들이 표현할 때 '외연적 방법'이라는 용어를 쓰는 것처럼 아메리카 영화는 외연성과 밀접히 관련되어 있다.

아메리카 영화에서 불란서 영화의 내향성을 찾고 그것이 보이지 않는다는 이유로 예술을 부정하는 것은 틀린 일이다. 그러나 구라파의 예술유산과 주지主知를 더 많이 알고 있는 우리로선 간혹 이러한 생각을 하게 된다. 이것은 아메리카의 문화뿐만 아니라 아메리카의 영화에 접할 때에는 더욱 주의할 문제다. 그러나 그렇다고 해서 우리는 아메리카 영화를 전적으로 훌륭한 예술이라고는 할 수 없다. 이유는 사회기구의 혼란과 개인의 윤곽이 똑똑치 못한 데다 예술을 창조하려는 근본적인 예술가의 정신이 없다.

아메리카 영화는 단지 아메리카의 중요한 산업의 하나다. 그러므로 영화제작의 기구機構는 벌써 현대 아메리카 사회의 조직과 혼란을 표현하고 있다.

모든 아메리카의 예술가들이 무질서하게 동요하는 기계문명에 도전하는 것을 보더라도 자본주의가 부서지지 않는 한 아메리카 영화는 참다운 의의의 진실한 예술성은 갖지 못할 것이다. 예술적인 영화를 만들고 아메리카 영화의 발전에 지금까지 힘써 온 사람 중에 예술적 앙양성을 가진 아메리카 영화작가들이 몇 명이나 되는가. 지금까지 아메리카 영화의 예술적 작품은 모두들 구라파의 영화 작가들의 것이었다. 에른스트 루비치, 프랑크 카프라, 조셉 폰 스턴버그, 루벤 마무리앙, 루이스 마일스톤, 프랭크 로이드, 프리츠 랑, 에드먼드 굴딩, 로베르 플로레 그리고 최근에 이르러 줄리앙 뒤비비에, 알프레드 히치콕 등.

그러나 아메리카 영화의 제작기구 속에 구라파 예술의 전통을 꽃피게 할 수 없을 것이다. 영화작가 자신이 외연적인 아메리카의 사회에서 생활하고 구라파 예술의 전통에는 미련을 가지지 말고 예술가로서의 고매한 정신을 잊지 말 것이다. 그 다음 처음부터 아메리카 영화기구의 기계성을 극복하고 새로운 독자의 예술을 만드는 것이다.

5. 향수와 판타지

수년 전의 본 싱클레어 루이스 원작인 「공작부인」(원명은 Dodsworth)는1929년의 베스트셀러 소설을 시드니 하워드가 각색한 다음 윌리엄 와일러가 감독하였는데 이 영화는 여러 점으로 보아 절대로 우수한 아메리카의 영화였다. 주인공 도즈워스(월터 휴스턴 분)는 오랫동안 자동차 제조로써 사회에 공헌하여 왔다. 자기의 일이 얼마나 사회 문화 발전에 도움이 되었다는 것을 철鐵과 같은 신념으로 믿고 왔다. 그는 공장을 양도한 다음 잠시의 위로를 위하여 구주 여행을 떠난다. 내용은 이 영화를 본 사람이면 누구나 다 잘 알 줄 안다.

무식한 처 프랜(루스 채터튼 분)은 여러 가지 행동에서 아메리카 여성의 진실을 잊어버린다. 코트라이트 부인(메리 애스터 분)은 그러한 아메리카 여성을 상실하지 않았다.

그러면 아메리카인의 진실이란 무엇이냐? 싱클레어 루이스는 그것은 구대륙의 전통을 벗어나 신대륙에 희망을 찾고 영국에서 건너온 아메리카인의 조상들이 가지고 있던 건전한 건설의 정신, 자유로운 문명을 건설하려는 의지라고 하고 있다.

문명이 건설함에 따라 이 건전한 정신은 상실되었다. 도즈워스는 기선 갑판 위에서 20대의 청년처럼 건강히 흥분되어 "아 비숍의 등대입니다. 그야 나는 이 여행이 처음이니까요. 나는 저 등대를 보니 웬일인지 영국에 관하여 여러 가지를 읽던 생각이 떠오릅니다. (중략) 그리고 존 오스틴, 올리버 트위스트 그리고 셜록 홈스 — 영국, 어머니와 같은 영국. 아 나의 모국"하고 말한다.— 영국을 그리워하는 마음 이것은 기계문명 속에서 시달린 아메리카인의 향수다.

도즈워스는 건전한 아메리카 정신을 구현한 것이고 그의 처 프랜은 향수를 잊은 아메리카의 자칭 문명인을 대표한 것이다. 카프라와 리스킨의 이상향의 꿈처럼 기계문명과 물질문명에 골머리가 난 아메리카인은 간혹 현실사회에서 떠나고 싶어 한다. 그리고 「오페라 해트」, 「잃어진 지평선」은 옛 작품이었으나 그 영화적 가치는 항상 높이 평가할 수 있을 것이다.

해방 후 상영된 작품 중에도 이러한 제재와 표현방식을 새롭게 갖추어 만든 작품도 있었으나 그 수법이 너무도 유치하여 도저히 상기한 영화의 수준이 되지도 못했다. 나는 막연히 향수라 하였으나 이 노스탤지어가 말하는 것은 현대문화와 부패되는 아메리카 물질정신에 대한 합리적인 비판일 것이며 혼란된 사회제도를 혐오하고 반항한다는 슬로건일지도 모른다. 그들의 향수와 이상은 아메리카 영화인만 아니라 솔직한 아메리카 대중의 것인지도 모르겠다.

이 향수를 좀 다른데서 나는 판타지의 세계를 그리고 있는 요즘의 아메리카 영화의 진로를 재미있게 본다. 그러나 그들이 의도하고 있는 점은 너무도 소극적에 지나지 않는다.

제2차 대전 중 아메리카는 물질과 정신 양면에서 다소나마 타격을 받았을 것이다.

물질과 정신이 일상생활에서 차츰차츰 부서져 간다는 것은 아메리카인으로서는 가장 쓸쓸한 형상이다. 그러나 그들은 전시 중 모든 인격 물적 국력을 쏟아냈다. 아메리카 영화도 역시 힘 모아 일을 하였다. 일선의 병사를 위한 영화, 대외선전 영화, 반나치 영화, 총후 생활영화로서—. 그런데 일방 아메리카 시민의 생활고는 심해가고 정신적 위기는 어느 곳에서도 볼 수 있었다.

전쟁이 주는 현실이란 몇 년 전의 따스한 생리적 기억이 아니고 살아나갈 앞날의 생활적 빈곤이다.

이러한 여유 없는 경지에 빠진 아메리카인은 한두 사람이 아닐 것이다. 불안과 혼란은 "우리들은 20세기 문명의 세상에서 살고 있는 것이에요” 하는 사람이면 누구나 느끼는 실망일 것이다. 그러므로 아메리카 영화는 내향성을 무시치는 못하고 외연적이면서도 생활과 정신의 두 가지를 표현하려고 애써본 모양이다. 여기서 처음으로 그들은 예술 유산의 정다움을 알고 사회상의 비참을 똑바로 볼 줄 알게 되었다.

아메리카 영화 예술가는 관념적이나마 재래예술의 본질인 외면 묘사에만 고집하지 않았다. 그들은 판타지를 그려냄으로서 불건강한 생리를 돕고 물질의 허식으로 된 아메리카의 사회에서 도피하였다.

판타지는 가까운 의미의 생활에의 반항이다. 향수의 판타지 이것은 시대의 유동으로 변화된 아메리카인의 가장 큰 꿈이요, 현실에 대한 예민한 감수성은 현실 사회의 표면적 현상인 결함을 폭로하고 있다.

6. 감상

아메리카 영화를 감상하는데 가장 중요한 것은 우리들의 의식을 뺏기지 않는 것이다.

아메리카 자본주의 문명이 극도로 발달한 나라라는 것은 누구나 다 잘 아는 일이다. 일본의 어떤 영화 평론가는 아메리카 영화를 감상하는데 제1조건은 그 영화 제작에 있어 최대의 주체가 된 작자를 알지 않으면 못쓴다 했다. 물론 이것은 영화를 알기에는 중요한 것이지만 우리는 수많은 영화 제작자를 전문적 이외에는 알 수는 없다. 전기한 바와 같이 아메리카 문명은 우리의 생활과 사고와는 너무도 떨어져 있고 아메리카의 영화 정책은 될 수 있는 한에서 국가 정책과 동행하고 있는 것이다.

우리는 아메리카인의 기계화되고 모노폴리화된 영화 가치보다도 흥행가치에 중점을 둔 영화로 잠시간은 재미있게 보내나 그 영화가 우리에게 주는 한 가지 의문은 자기 계급이 어디 있는지 똑바로 생각하라는 것이다. 1년에 수백의 영화를 만드는 할리우드의 예술가의 제작 양심은 어떻게 하면 관객에게 감명 깊을 수 있게 할까 또는 그들을 어떻게 하면 잘 울릴 수 있는가 하는데 경향하고 있다.

지금까지 생각해 온 단순한 아메리카니즘도 아닌 면에 비통속적인 예술도 있는 한편 관객의 신념을 쉽사리 부수게 하는 오락도 있는 것을 우리는 날카롭게 판단하지 않으면 못쓴다. 아메리카 영화에 있어서는 탄압을 당한 몇 명의 예술가의 영화 외에는 모두 우리의 사상보다도 퇴보된 것을 그리고 있다.

영화의 제재와 주인공을 모두 자본주의 문명과 사회에 충실하게 하고 그것을 옹호하는데 전력을 다한다. 우리의 선입감이 아메리카 영화라면 곧 예술 또는 오락이라고 믿는데 그 제작자 자체는 미안하게도 경제를 위한 산물로 알고 있다. 허위와 속악한 점도 구라파의 영화에서는 볼 수 없는 게 많다. 옛날 영화에는 혁명을 취급한 것, 농업개량과 경영에 관한 것, 인종문제와 지리적 해방 또는 노동자의 생활을 그린 영화도 간혹 있었으나 요즘에는 겨우 인간 생활과 죽음의 신비 정도의 영화를 만들고 만족하는 모양이다.

나는 또다시 아메리카 영화가 영화예술과 오락의 발전을 위하

여 새로운 단계로 들어가고 기계문명의 지반을 벗어나기를 급하
게 애쓰라는 것을 말하고 싶다. 그러면 아메리카 영화를 불안 없이
자본주의 문화일망정 사랑하는 마음으로 감상할 수 있을 것이다.

(1948년 신천지 1월호)

여 새로운 단계로 들어가고 기계문명의 지반을 벗어나기를 급하
게 애쓰라는 것을 말하고 싶다. 그러면 아메리카 영화를 불안 없이
자본주의 문화일망정 사랑하는 마음으로 감상할 수 있을 것이다.

부록

박인환 연보

'통속시인'이라는 경멸과 편견 속에 방치된 모더니스트
박인환은 센티멘털리즘의 통속 시인인가?

1 ——————

박인환은 센티멘털리즘의 통속 시인일까, 아니면, 진정 '시를 쓸 줄 모르는' 저급한 통속 시인이었을까? 그도 아니면, 겉멋만 부린 딜레탕티슴의 경박한 시인이었던가?

시인 박인환을 둘러싼 오해와 편견은 여전히 불식되지 않고 현재진행형으로 살아 있다. 대중적으로 널리 알려진 시 「목마와 숙녀」와 「세월이 가면」의 애상적 특성에 경사傾斜된 대중 일반은 물론, 학계의 평가에서도 흔히 박인환은 통속적이거나 센티멘털한 시인으로 이해되고 있기 십상이고, 심지어 한 시우詩友로부터는 시를 쓸 줄 모르는 시인이라는 혹독한 평판의 대상이 되기도 했다. 박인환은 과연 애상적 통속의 시를 쓴 시인이고, 시 쓰기에 있어 재주도 소양도 없는, 경박한 시인이었던 것인가?

김수영 시인의 타계 40주기를 추모하는 분위기가 한창이었던 2008년 여름에는 문예지와 신문, 추모사업준비위원회에서 특집이나 특집대담, 학술세미나를 개최하는 등 분주하게 돌아갔다. '조선일보'에서도 김수영 시인의 부인 김현경 여사와의 인터뷰 기사를 6월 3일자에 내보냈는데, 그 인터뷰에서 김현경 여사가 한 말이 주목되었다.

김수영이 '친구이자 라이벌'이었던 시인 박인환을 질투했다는 일부 주장에 대해 김씨는 "질투한 것이 아니라 경멸했다"고 말했다. "멋만 부릴 줄 알지 시를 쓸 줄 모른다고 무시했어요."

질투인지 경멸인지에 대한 평가는 뒤로 미루고, 박인환을 두고 김수영이 멋만 부릴 줄 알지 시를 쓸 줄 모른다고 경멸했다는 증언은 충격적일 수도 있지만, 새삼스러운 말이 아니었다. 박인환 10주기가 되던 해인 1966년 김수영이 이미 그의 산문 「박인환朴寅煥」에서 독설에 가까운 언사를 퍼부었던 것이다.

나는 인환寅煥을 가장 경멸한 사람의 한 사람이었다. 그처럼 재주가 없고 그처럼 시인으로서 소양이 없고 그처럼 경박하고 그처럼 값싼 유행의 숭배자가 없었기 때문이다. (중략) 인환이 죽은 뒤에 그를 무슨 천재의 요절처럼 생각하고 떠들어대던 사람 중에는 반드시 인환과 비슷한 경박한 친구들만 끼어 있었던 것은 아니다. 유정柳呈 같은, 시詩의 소양이 있는 사람도 인환을 위한 추도시를 쓴 일이 있었다. 세상의 이런 박인환관朴寅煥觀과 나의 생각과의 너무나도 동떨어진 격차를 조정해 보려고 나는, 시란 도대체 무엇인가 하고 새삼스럽게 생각해 보고는 한 일까지 있었다. (중략)
— '박인환선시집' 후기, 시 「밤의 미매장未埋葬」 「센티멘털 저니」를 다시 읽어 보았다며.

인환! 너는 왜 이런 것을 시라고 쓰고 갔다지? 이 유치한, 말발도 서지 않는 후기, 어떤 사람들은 너의 「목마와 숙녀」를 너의 가장 근사한 작품이라고 생각하는 모양인데, 내 눈에는 '목마木馬'도 '숙녀淑女'도 낡은 말이다. 네가 이것을 쓰기 20년 전에 벌써 무수히 써먹은 낡은 말들이다. '원정園丁'이 다 뭐냐? '배코니아'가 다 뭣이며 '아뽀롱'이 다 뭐냐.
— 김수영, 「박인환」, 『김수영전집2 : 산문』, 민음사, 1984, 63~64쪽

김수영은 박인환과 함께 1947년에 결성된 '신시론' 동인으로, 1948년 『신시론』 1집을, 1949년 봄에는 2집을 대신해서 5인 공동시집 『새로운 도시와 시민들의 합창』을 발간하는 등 1950년을 전후하여 절친한 사이로 정평이 나 있었다. 앞의 글은 그 같은 두 사람의 관계를 의심할 정도로 박인환을 깔아뭉개는 '신랄한 독설'(이정석, 「박인환을 회고한다」, '문예운동' 2015년 겨울호, 59쪽)을 퍼부은 것이다. 김수영의 박인환 경멸론은 시어에 대한 왜곡된 비난 등 여러 모로 비판받을 소지가 있어 보이지만, 그 점은 우선 논외로 하고, 산문 「박인환」보다 먼저 쓴 산문 「말리서사茉莉書舍」(*관습상 보통 '마리서사'로 말하고 적으나, 김수영은 한자음대로 '말리서사'로 적었음)의 한 대목을 지나칠 수 없다.

그의 시에는 내가 모르는 멋진 식물, 동물, 기계, 정치, 경제, 수학, 철학, 천문학, 종교의 요란스러운 현대용어들이 마구 나열되어 있었다. 요즘의 소위 '난해시'라는 것을 그는 벌써 그 당시에 해방 후 처음으로 본격적으로 시작하고 있었다.
— 김수영, 「茉莉書舍」, 『김수영전집2 : 산문』, 민음사, 1984, 72쪽.

평론가 유성호 교수는 "김수영은 현대문학사에서 독자적인 신화적 공

간을 구성하고 있는 드문 시인에 속한다. 그는 서정주와 더불어 후대 시인들에게 가장 광범위한 영향을 끼친 시인으로 평가받고 있고, 문학사의 전환기마다 당대적 의미로 소급되어 재해석되는 등, 자기 권역을 풍요롭게 구축한 시인이다. 반면 동시대에 함께 활동했던 박인환은 몇몇 낭만적 시편을 쓴 요절 시인으로 남아, 김수영의 감염력이나 문제성에는 현저하게 못 미치는 위상을 확보하고 있다. 하지만 박인환에 대한 이러한 부정적 인상을 가장 첨예하게 각인시킨 장본인은 정작 김수영”이라며 안타까움을 드러내었다.

김수영은 박인환이 활발하게 활동하던 광복기와 전후戰後 시기에는 별다른 존재감을 드러내지 못하고 있었다. 박인환이 1956년 31세로 요절할 때까지의 발표 작품을 비교해 보아도 50편에 불과한 김수영은 71편을 발표한 박인환에 뒤지고 있다(맹문재, 「박인환의 대중화」, ‘문예운동’ 2015년 겨울호, 46쪽). 그것도 나이 다섯 살이나 아래인 박인환을 생각하면 더욱 격심한 차이가 아닐 수 없다.

박인환의 공식적인 시작 활동은 1946년부터 1956년까지의 단 10년간이다. 평론가 이정석은 “그(김수영)는 박인환 10주기를 맞아 작심하고 그를 둘러싼 신화의 허위를 까발리고 싶었던 듯싶다.”(이정석, 앞의 글, 59쪽)라고 하였다. 김수영은 그의 작품세계가 4.19를 계기로 획기적인 변모를 보인 결과의 시대적 성과를 얻고 난 다음인, 박인환이 타계한 지 꼭 10년이 되는 해에 박인환을 경멸하고 질시하는 글을 발표한 것이다. 왜 굳이 그랬을까 하는 의문이 드는 대목이다.

박인환은 김수영에 비해 다섯 살이나 적은 나이인데다가 한 해 늦게 문단에 나왔는데도 불구하고 더 많은 작품을 썼다. 낡지 않은 시어로써 작품을 쓰려고 부단히 노력했다. 하다못해 한국사회에서 암적인 폭력으로 존재하는 학력에 있어서도 열등하지 않다. 이렇듯 박인환은 김수영에 비해 처지지 않는다.

— 맹문재, 앞의 글, 같은 곳.

김수영 시인은 박인환 시인보다 다섯 살 위다. 그런데 박인환 시인은 1948년 스물셋에 결혼했다. 김수영 시인은 1950년 서른에 결혼했다. 두 사람 모두 생전에 낸 시집은 한 권이다. 박인환은 1955년 『박인환 선시집朴寅煥選詩集』, 김수영은 1959년에 『달나라의 장난』이다. 이처럼 김수영은 다섯 살 어린 박인환 시인에게 모든 것이 뒤처졌다. 당시 함께 활동을 했던 시인들은 "시인으로의 각광은 물론 세속적인 성공에서도 늘 김수영은 박인환보다 늦었다. 그래서 이런 일들이 김수영 시인에게 열등감이나 콤플렉스를 가져다 주었을 것이다"라고 말하고 있다.

— 「박인환은 김수영을 좋아했고 김수영은 박인환을 미워했다」, 월간 '시', 2018년 9월호, 78쪽.

박인환이 타계하기 전까지의 활동을 견주어 볼 때, 김수영은 여러 모로 박인환보다 뒤처진 편이며, 그로 인해 김수영으로서는 일종의 열등감이나 콤플렉스를 가지고 있었을 것이라는 견해가 많다. 4.19를 전후한 무렵 급격한 방향 전환과 전환기적 시대운時代運을 타고 득세를 한 김수영이, 왜 박인환 사후 10년 만에 "그(박인환)가 죽었을 때 나는 장례식에를 일부러 가지 않았다. 그의 비석을 제막할 때는 망우리 산소에 나간 기억이 있다. 그 후 그의 추도식을, 이봉구 김경린 이규석 이진섭 등이 주동이 돼서 동방문화살롱에선가에서 했을 때에도, 그 즈음 나는 명동에를 거의 매일 같이 나가던 때인데도 그날은 일부러 나가지 않은 것 같다.”라고까지 하며, 박인환을 재주 없고 문학적 소양이 없으며, 겉멋이나 부리는, 딜레탕티슴의 경박한 포즈의 시인이라고 폄훼하였던 것일까. 아마도 앞에서 살펴본 바, 열등의식의 콤플렉스를 가지고 있었던 김수영이 박인환과의 과거사를 확실하게 엎어 버리고 싶었기 때문이었을 것이라는 인상을 지울 수가 없다. “박인환은 영화배우 이상의 용모를 가진 시인이었다. 당시 배우들과 나란히 명동을 거닐어도 여인들의 눈길은 모두 그에게 머물렀다. 미남형 얼굴에 키가 컸고, 무슨 옷을 입어도 멋이 넘쳤다. 그리고 성격적으로도 박인환은 거칠 것이 없었다. 이처럼 김수영은 모든 점에서 도저히 박인환을 따라갈 수 없었다”는 당대의 지인들이 당시의 상황적 분위기를 증언하고 있거니와, 거기에 더하여 아주 현실적인 문제로서 박인환과의 연적戀敵 관계의 일화가 있었다.

그렇다면 당시 상황을 잘 아는 사람들의 말처럼 김수영이 박인환을 미워한 이유가 서로가 너무 잘 알기에 미워한 것일까? 해방 후 만주에서 돌아와 아직 작품 활동을 하지 못하고 있는 김수영을 위해 적극적으로 문단 활동을 도와 준, 게다가 「센티멘탈 저니」라는 작품을 ‘김수영에게’라는 부제를 달아 헌시 형식으로 발표하여 어떤 의미에서는 은인과 다름없는 박인환 시인을 김수영 시인이 미워한 ‘진짜’ 이유는 다른 데 있는 것이 아닐까? 이 사실을 추정하게 하는 자료가 있어 소개하며 글을 마무리한다.

지난 10일 인천 출신의 조선문학가동맹원 신진시인 배인철 군이 괴한이 발사한 흉탄에 참살당한 후 그 범인 체포가 극히 주목되던 바 금번 탐문한 바에 의하면 서울 중부경찰서에서는 명동 ‘마리아 서점’ 주인 박모 씨를 인치 취조한 결과 살해하였다고 자백하였다고 한다.

이 신문기사는 1947년 5월 25일자 인천에서 발행되던 '대중일보'(*5월 12일 '동아일보' 기사는 '치정살인 사건' 추정 기사였기에 필자가 바로잡아 수정한 것임/ 월간 '시' 2014년 1월 창간호, 「배인철 시인을 총으로 쏴 죽인 어둠의 세력은 누굴까?」, 158~159쪽 참조) 기사이다. 여기에 등장하는 '마리아서점'은 '마리서사'를 가리키며 주인 박모 씨는 물론 박인환 시인이다. 박인환 시인이 얼마나 인치 취조(구속수사)가 힘들었으면 범인이라고 자백하였을까. 이 기사는 곧 오보로 밝혀졌다. (*이 살인사건 현장에 있었던, 배인철의 연인 김현경과 교제 중이었던 김수영에게도 불똥이 튀어, 그 역시 경찰에 끌려가 고문을 당하는 곤경을 겪었다).

사실 관계는 이렇다. 배인철 살인사건 현장에 있었던 배인철 시인의 연인 김현경은 배인철 박인환 김수영과 동시에 교제하고 있었다. 이는 살인사건 연루 주변인으로 동시에 경찰서에 불려가 조사를 받는 과정에서 김현경이 박인환과도 교제 중이라는 사실을 김수영은 알게 되었다. 당연히 김수영은 화가 났고, 그래서 김현경에게 「결별」이라는 시를 써 보내기도 했다.

이런 전후 사정으로 볼 때 김수영 시인이 연적 관계였던 박인환 시인을 얼마나 증오했었는지를 상상할 수 있지 않을까?

— 「박인환은 김수영을 좋아했고 김수영은 박인환을 미워했다」, 같은 잡지, 79쪽.

연적의 삼각관계에서 강한 질투심은 상식적인 일이며, 증오심까지로 심화될 수도 있는 심리적 현상이라는 점 역시 유추 불가능한 것이 아니다. 김수영이 그 일로 박인환을 어느 정도 증오하였는지는 알 수 없는 일이지만, 그는 다른 경우의 문장 "네가 죽기 얼마 전까지도 나는 너의 이런 종류의 수많은 식언食言 피해에서 벗어나려고 너를 증오했다"(「박인환」,

『김수영전집2 : 산문』, 64쪽)라며 박인환에 대해 직접 '증오했다'라는 표현을
한 바 있다.

　김수영 시인과의 일화를 자서전으로 펴낸, 배인철 살인사건 때 김인애
(가명)로 보도가 되었던 김현경 여사는 "배인철 사건이 터졌을 때 다들 도
망을 가고 저는 근신하고 있었어요. 선생님(김수영 시인)도 그 때 배후로 지
목되어 경찰에 끌려가 고문도 많이 당했지요."라고 당시의 상황을 증언
하였다(월간 '시' 창간호, 159쪽).

2 ───────

　박인환과 김수영은 조건 없는 비교의 대상이 될 수 없다. 그런데도 김
수영의 영향권에 있는 많은 후학들은 박인환을 김수영과의 비교의 차원
에서 논의하며 그의 시 세계를 무시하고 폄하해 오고 있다. 그것은 박인
환을 경멸하며, 재주 없고 소양 없고 경박하여 시를 쓸 줄 모른다는 김수
영의 박인환 확인사살이 "박인환의 작품세계를 평가하는 데에 큰 영향을
끼쳤고, 지금도 마찬가지"(맹문재, 앞의 글, 45쪽)라는 데에 있다. 김수영이
박인환을 맹렬히 폄훼한 것이 박인환 10주기 때인 1966년이며, 1956년
에 타계한 박인환은 김수영 문학 생애의 절대적 변곡점이 된, 격변의 4.19
혁명을 겪지 못한 점을 김수영 추종자들은 굳이 외면하고 있는 듯이 보인
다. 이 원고에서 이 두 시인을 견줄 때에 항상 박인환 타계 이전까지로 한
정하여 논의하였던 까닭이 거기에 있다.

　맹문재는 "박인환과 김수영은 조건 없이 비교할 수 있는 대상이 아니
다. 4.19를 겪지 못한 박인환과 겪은 김수영 사이에는 엄청난 차이가 존재
한다. 주지하다시피 김수영은 4.19혁명을 계기로 기존의 시세계를 전면
적으로 전환해 큰 성취를 거두었는 데 비해 박인환은 그와 같은 기회를 갖
지 못했다. 따라서 두 시인의 시세계를 놓고 우열을 가리는 일은 성립될

수 없다.”(맹문재, 같은 글, 45쪽)라고 하고, 두 시인의 면모를 객관적으로 정리해 보이며, “박인환은 동시대의 그 어떤 시인보다도 열정적으로 시를 썼다고 평가할 수 있다. 시를 쓸 줄 알았던 것이다.”라고 결론을 내렸다.

김규동은 시 「잡설-박인환」 중에서 이렇게 박인환의 요절을 안타까워했다.

<blockquote>
그가 30살에 죽지 않고

여태 살았다면

진짜 좋은 민중시인이 되었을 것이다

이 길밖에 그가 가야 할 길은

없었을 게다

모더니즘도 모더니즘이려니와

사회에 대한 관심이 남달랐던 그가

민족현실을 저버릴 리 만무했을 게다

오장환이니 배인철이

그의 눈에는 다 모더니스트였고

김기림 역시 두려운 근대파 시인이었다
</blockquote>

4.19를 겪으며 김수영이 급변하여 일정한 성취를 이루었던 사실과, 혼란한 광복기에 「인천항」 「남풍」 「인도네시아 인민에게 주는 시」 같은 현실 비판의 당당한 의식을 보여주었던 박인환을 상기한다면, 김규동의 기대가 헛된 상상만은 아닐 것이라는 생각이 든다.

김수영은 4.19를 계기로 획기적인 방향 전환을 하여 '신시론' 동인으로서 보여주었던 모더니즘 운동의 경향에서 현실주의적 시론과 시작詩作에 몰두하여 성취를 이룬다. 자신이 처한 역사적 현실과 삶에 대한 치열한 반성, 그리고 집요한 자유정신의 추동으로 시세계를 확장해 갔던 것이다. 현실과 유리된 관념적인 언어를 버리고 일상적이고 때로 비속한 언어까지도 시의 무대에 올림으로써 4.19라는 역사적 현실에 부응했던 것이 시의時宜 적절하게 대중에 어필하게 된 것이었다. 정작 4.19 이전에는 침묵하고, 정권이 붕괴되고 나서야 자유와 사랑을 외치며 삶이 곧 예술이라는 노력의 행위를 보여준 김수영에게는 "전후의 황량함과 빈곤을 이국취향의 낭만과 우수로 치장한 박인환의 시는 경박한 호기심과 허세로 얼룩진 포즈에 지나지 않았을 것이다. 김수영과 박인환의 시가 확산되고 지지를 얻는 방향성의 차이는 이후 김수영의 독설을 견고한 통념으로 자리 잡게 만든다."(이정석, 앞의 글, 59쪽).

농담으로나 여겨져야 할 김수영의 박인환 폄훼 독설이 견고한 통념이 된 자리에 다음과 같은 주장이 생겨난 것이다.

> "그의 시는 겉으로 내세운 모더니즘의 하려한 기치와는 달리 평범한 상식인의 수준을 넘지 못했고, 거기다가 어휘의 빈곤, 이미지의 불통일, 경박한 겉멋 등의 약점을 동반한 결과로 별다른 감동을 주지 못하는 경우가 대부분이었지만 「남풍」이나 「검은 신神이여」 같은 예에서 보듯 외적 상황에 대한 절실한 인식이 갖춰진 경우에는 예외적으로 그런 한계를 초극한 적도 있었다."
>
> -이동하李東夏, 『박인환 평전 목마와 숙녀와 별과 사랑』, 문학세계사, 1986, 63쪽.

'박인환이 이러한 편견에서 벗어나기 시작한 것은 비교적 최근의 일'이라고 한 평론가 오문석은 박인환의 시사적 위상을 다음과 같이 정리하고 있다.

1950년대 모더니즘 시운동을 주도한 '후반기後半期' 동인의 존재가 학계의 조명을 받으면서, 그 중심에 박인환이 있다는 사실이 새삼 부각되었기 때문이다. 더욱이 '후반기'보다 앞서서 해방 직후에 조직된 동인의 잡지 '신시론新詩論'으로까지 관심 영역이 확장되면서 박인환의 비중은 더욱 높아졌다. 박인환의 열정으로 '신시론'에서 '후반기'로 이어지는 전후 모더니즘 시운동의 계보가 중단되지 않고 이어졌음이 강조되면서, 박인환은 전후 모더니즘 시운동의 기반을 마련한 시인으로 기록될 수 있었다.

-오문석, 「박인환을 절망시킨 '불행한 신'」, 『현대시의 운명, 원치 않았던』, 앨피, 2012, 115~116쪽.

박인환의 시작 활동을 한국전쟁 전후로 나누어 볼 때, 전쟁 이전에 박인환이 보여준 활동은 1948년 김경린, 김경희, 김병욱, 임호권 등과 함께 '신시론' 동인을 결성하여 『신시론』 1집을 발간하고, 1949년 『신시론』 2집을 대신하여 김경린, 김수영, 양병식, 임호권 등과 함께 『새로운 도시와 시민들의 합창』 발간, 그 해에 김경린, 조 향, 이한직, 김차영, 김규동, 이상로, 이봉래 등과 함께 '후반기' 동인을 결성한 것 등이다. 열성적이던 박인환을 비롯한 이들은 모더니즘 시 운동을 에콜로 모여 활동을 전개하였던 것이다.

박인환 사후 26주기를 맞아, 당시 함께 활약했던 시인들이 엮은 추모 문집 『세월이 가면』(근역서재, 1982)에서 이봉래는 "1940년대 후반부터 1950년대를 눈부시게 장식한 모더니즘 시인 박인환은 기성 질서에 대한 대담한 반역과 기성 창조에의 끊임없는 도전을 시도함으로써, 새로운 창조를 이룩한 가장 용감하고, 유능한 시인의 한 사람이란 것은 누구나 부정할 수 없을 것이다."라고 회고하였다.

3 ——

박인환을 센티멘털 모더니스트, '전후 명동의 멋쟁이 시인'으로만 알고 있는 것은 박인환의 문학적 진실을 오해와 편견으로 가두는 일에 다름 아니다. 박인환을 중심으로 결성된 '신시론'은 원래 서정주, 조지훈으로 상징되는 전통적 서정시와 그 시론에 대항하여 현대적 미학을 창출하기 위한 것이었다. 그는 한국전쟁 이전에는 허무주의적 특성을 드러내지도 않았다. 이제 조금씩 논의의 진전을 보이고 있지만, 세간에 익히 알려진 것과는 전혀 다른 면모가 있었던 것이다.

박인환은 한국전쟁 이전 광복기에 12편의 시를 발표하였는데, 그 중 「인천항」, 「남풍」, 「인도네시아 인민에게 주는 시」, 「고리키의 달밤」, 「정신의 행방을 찾아」 같은 작품은 지극히 진보적이고 현실 참여적인 성격을 보여주고 있는 작품들이다.

서울에서 모여든 모리배는
중국서 온 헐벗은 동포의 보따리같이
화폐의 큰 뭉치를 등지고
황혼의 부두를 방황했다

밤이 가까울수록
성조기가 퍼덕이는 숙사宿舍와
주둔소駐屯所의 네온사인은 붉고
정크의 불빛은 푸르며
마치 유니언잭이 날리던
식민지 향항香港의 야경을 닮아 간다

조선의 해항海港 인천부두가
중일전쟁 때 일본이 지배했던
상해의 밤을 소리 없이 닮아 간다
—「인천항」 후반 부분

시인은 "가난한 조선의 프로필을/ 여실히 표현한 인천 항구에는/ 상관商館도 없고/ 영사관도 없다"라며, 날이 갈수록 금은과 술, 아편과 호콩을 실은 밀선密船들이 밀려듦을 주시한다. 그러니까 이 작품은 홍콩, 상해 같은 도시가 식민지가 된 사실을 환기시키며, 또다시 식민지가 될지도 모르는 위기적 상황의 조국을 우려하고 있는 것이다.

일찍이 의복을 빼앗긴 토민土民
태양 없는 마레
너의 사랑이 백인白人의 고무원園에서
소형素馨처럼 곱게 시들어졌다

민족의 운명이
크메르 신의 영광과 함께 사는
앙코르와트의 나라
월남 인민군
멀리 이 땅에도 들려오는
너희들의 항쟁의 총소리

가슴 부서질 듯 남풍이 분다
계절이 바뀌면 태풍은 온다

—「남풍」부분

　결구 부분의 "아세아의 모든 위도/ 잠든 사람이여/ 귀를 기울여라"에서 보듯, 이 작품은 영국과 프랑스 등 서구 열강의 지배하에 착취당하고 있던 말레이시아, 앙코르와트의 나라 캄보디아, 베트남 등 동남아 제국諸國의 식민지적 상황과 가슴 아픈 항쟁의 현실을 통찰하며 아시아의 민중들을 일깨우고 있는 것이다.

　　제국주의의 야만적 제재는

　　너희뿐만 아니라 우리의 모욕

　　힘 있는 대로 영웅이 되어 싸워라

　　자유와 자기 보존을 위해서만이 아니고

　　야욕과 폭압과 비민주적인

　　식민정책을

　　지구에서 부숴내기 위해

　　반항하는 인도네시아 인민이여

　　최후의 한 사람까지 싸워라

　　참혹한 몇 달이 지나면

　　피 흘린 자바 섬에는

　　붉은 칸나꽃이 피려니

　　죽음의 보람이 남해의 태양처럼

　　조선에 사는 우리에게도 빛이려니

　　해류가 부딪히는 모든 육지에선

　　거룩한 인도네시아 인민의

내일을 축복하리라
—「인도네시아 인민에게 주는 시」 부분

네덜란드로부터 억압받고 착취당하는 식민지 국가 인도네시아의 해방을 촉구하며, 인도네시아 인민들에게 항쟁의 정신을 고무하는, 78행이나 되는, 호흡이 꽤 긴 탈식민주의의 작품이다. 반식민 반자본주의, 반제국주의 사상을 때로는 웅혼함을 느낄 만큼 당당하게 읊어간 데서 박인환의 진지한 면모를 보게 되는 것이다. 평론가 유종호는 이 시에 대해 "해방 직후의 정치적 격정과 질풍노도의 시기에 발표된 정치 시편 가운데 가장 우수한, 유려하고 활력 있는 작품"이라고 평가하였다.

막 일제 식민 지배에서 광복을 경험한 박인환은 그의 정신지리에서 아시아적 연대의식을 갖는 데 별 문제가 없었을 것이다. 인천을 중심으로 하여 홍콩, 상해, 베트남, 캄보디아, 말레이시아, 인도네시아로 이어지는 아시아 연대의식의 상상력은 '아시아 연대'가 결속하는 동양주의의 가치를 한껏 끌어올리는 진경의 시를 낳게 한 것이 아닐 수 없다.

박인환은 단순히 센티멘털한 통속의 시인도, 겉멋만 들어 서구 지향에 경도된 포즈의 시인만도 아닌 것이다. 경멸과 폄훼의 독설로 비방하고, 그저 삼류잡지 같은 통속한 시인으로 치부하기엔 그는 너무 혁혁하고 모던한 시인이었던 것이다.

곡해曲解와 편견으로 매장된
대표적 모더니스트 시인

1 ———

천재를 자부했던 박인환은 심장마비로 타계하기 사흘 전, 천재시인 이상李箱 추모의 밤을 마련하였다. 이상이 타계한 날이 4월 17일인데, 한 달을 착각하여 3월 17일 이상 추모의 밤을 주선한 바람에, 그 날 문우와 지인들이 모였다. 그 자리에서 박인환은 이진섭에게 "인간은 소모품, 그러나 끝까지 정신의 섭렵涉獵을 해야지"라는 글을 써 주면서 마침표를 유난히 크게 찍어 놓고, "누가 알아? 절필이 될는지—"라고 말했다고 한다(강계순, 박인환 평전 『아! 박인환』, 문학예술사, 1983, 177쪽). 박인환은 자신의 운명을 예견하고 있었던 것인가. 그는 이진섭에게 말했던 대로, 그리고 말년에 가끔 친구들에게 "천재는 요절하는 것이 운명이니까 나도 빨리 죽을지 모르지"라고 말했던 대로 요절로써 영원한 절필의 길로 떠나고 말았다.

박인환은 그가 무척 좋아했던 이상을 위하여 좋은 술을 준비하고 문우들을 불러 모았다. "세탁소에 맡긴 스프링코트를 찾을 돈이 없어서 겨우내 입고 다니던 두터운 외투를 봄까지도 벗지 못하는 가난을 걸치고, 그는 그의 죽음의 의식儀式을 예행하고 있었다.”(강계순, 앞의 책, 같은 면). 이진섭, 이봉구, 천경자, 이순재, 원계홍, 변호진 등등이 모인 명동의 ‘동방싸롱’ 앞의 술집 ‘왕관’에서, 앞당겨진 이상 추모의 밤은 거나하게 진행되었다. 천재시인의 치열한 문학정신과 비극적 운명에 대하여 이야기하고, 술과 낭송과 샹송이 분위기를 고조시키는 밤이었다. 박인환의 시 「세월이 가면」(나애심 노래)을 합창하기도 한 그 자리에서 박인환은 말했다.

관棺 뒤에 누가 따라오느냐—.
죽어선 모르지만,
아 그래도 누가 올 것이다.

박인환이 이상 추모의 밤을 위하여 쓴 시 「죽은 아포롱(*아폴론)」은 ‘동아일보’에 미리 보내어 3월 17일자에 발표되었던 터였다. ‘李箱, 그가 떠난 날에’라는 부제가 붙은 이 시에는 이상의 시와 문학정신에 대한 뜨거운 추모의 마음이 담겨 있다.

오늘은 삼월 열이렛날
그래서 나는 망각의 술을 마셔야 한다.
여급女給 마유미가 없어도
오후 세 시 이십오 분에는
벗들과 ‘제비’의 이야기를 하여야 한다.

그날 당신은
동경 제국대학 부속병원에서
천당과 지옥의 접경으로 여행을 하고

허망한 서울의 하늘에는 비가 내렸다.

운명이여.
얼마나 애태운 일이냐.
권태와 인간의 날개
당신은 싸늘한 지하에 있으면서도
성좌星座를 간직하고 있다.

정신의 수렵狩獵을 위해 죽은
'랭보'와도 같이
당신은 나에게
환상과 흥분과
열병과 착각을 알려주고
그 빈사의 구렁텅이에서
우리 문학에
따뜻한 손을 빌려 준
정신의 황제.

무한한 수면睡眠
반역과 영광
임종의 눈물을 흘리며 결코
당신은 하나의 증명을 갖고 있었다.
'李箱'이라고.

이상이 죽은 날은 4월 17일인데, 3월 17일로 착각하였지만, 이상의 문학과 그 정신에 대한 존경과 흠모의 마음이 진진하게 표상되어 있다. 천재시인의 운명과 그 애태운 세월을 생각하며 박인환 스스로 장차 싸늘한 지하에 가 있을지라도 성좌로 빛나고 싶음을 드러낸 것으로 읽힌다.

박인환은 이렇게 3월 17일부터 이상을 추모하는 모임을 가지고는 내리 사흘간 술을 마셔댔다고 한다. 문우들이 염려할 정도로 술이 약했을 뿐만 아니라, 그간 제대로 음식을 챙겨 먹지 못하여 영양 상태가 엉망인 채로 술을 마셔댔으니 견뎌낼 수가 없었다.

> 시인 박인환 씨는 지난 20일 하오 9시 자택(종로구 세종로 135번지)에서 심장마비로 급서하였다. 박씨는 이 날 저녁에 약간 과음한 기색이 있었으며, 집으로 돌아오면서부터 생명수를 달라고 외치다가 토한 뒤에 기식氣息이 아득해 절명하였다고 한다. 그의 거동을 목격한 가족은 그가 토해 놓은 것에서 코를 찌르는 듯 심한 약 냄새가 났다고 한다. 시인 박인환 씨는 지난 3월 17일 본지에 시 「죽은 아포롱」을 기고하여 14년 전 동경에서 객사한 이상李箱을 추모하였는데, 이것이 아마 씨의 마지막 작품인 것 같다.

박인환의 죽음에 관한 신문들의 보도 중 위의 글은 1956년 3월 21일자 '동아일보'의 기사 전문이다. 갑작스러운 박인환의 부음에 놀란 문우들은 세종로의 그의 집으로 모여들어, 서늘한 방에 싸늘하게 누워 있는 시신과, 덕지덕지한 가난과 그 가난을 드러내지 않았던 그의 자존심, 그러면서도 문우들을 좋아하고 사랑하며 시를 위한 열정을 불태웠던 한 시인의 모습을 직면하며, 암담하고 혼란한 시대를 살다 간 박인환의 죽음 앞에서 비통함을 금치 못하였다.

박인환 장례식 날, 많은 문우들과 지인들이 모였다. 모윤숙 시인이 시

낭독을 하고, 송지영 선생의 갑작스러운 부탁을 받고 동아일보 논설위원
실에 들어가서 급히 갈겨쓴 조시弔詩 「한 떨기 장미와도 같이 사라지다」
를 조병화 시인은 반울음으로 읽었다.

　　인환이,

　　너는 가는구나

　　대답도 없이 떠나는구나

　　1956년 3월 20일 오후 9시

　　짧은 생애로

　　너는 너의 시와 같이 먼지도 없이 눈을 감았다

　　시를 쓰는 것만이 의지할 수 있는

　　단 하나의 인생이요

　　인생은 잡지의 표지처럼

　　쓸쓸한 것도 아닌 것

　　—이렇게 너는 말했다

　　너는 언제나 어린애와 같이

　　흥분 속에서 인생을 지내왔다

　　지금 너의 앞엔

　　네가 사랑하고 아끼고 돈은 없어도

　　만나면 언제나 즐겁던

　　너의 벗들이

　　모두 모여 흐느껴 흐느껴

고개를 숙이고 있다
　　— 조병화의 '조시' 전반부

　수많은 친구들과 문단의 선배들이 망우리로 가는 박인환의 운구運柩를 따랐고, 그의 관 속에는 생시에 박인환이 좋아했던 죠니워커와 카멜 담배를 넣어 주었다. 후일 망우리 묘소에는 지금도, 친구들이 「세월이 가면」의 한 구절 "지금 그 사람 이름은 잊었지만 그 눈동자 입술은 내 가슴에 있네"를 새겨 준 묘비가 있다.

(전략)

당신들은 살아 있는 우리들의
푸른 '시그널'
우리는 그 불빛이 가리키는 방향으로
당신들의 유지를 받들어가고 있습니다.

사랑하는 당신들이여
가난과 고통과 멸시를 무릅쓰면서
당신들의 싸움은 끝이 났습니다.

승리가 온 것인지
패배가 온 것인지
그것은 오직 미래만이 알며
남아 있는 우리들은
못 잊는 이름이기에
당신들 우리 문화의 선구자들을

이 한 자리에 모셨습니다.

당신들은 살아 있었을 때
불행하였고
당신들은 살아 있었을 때
즐거운 말이 없었고
당신들은 살아 있었을 때
사랑해 주던 사람이 없었습니다.

허나 지금
당신들은 불행하지 않으며
우리의 말은 빛나며
오늘 이처럼 많은 사람들이 모여
당신들을 사랑하고 있습니다.

박인환이 세상을 뜬 이후 발표된 그의 시 「옛날의 사람들에게」의 후반부이다. '물고物故 작가 추도회의 밤에'라는 부제가 달린 시다. 이 시에 대하여 강계순 시인은 예의 '박인환 평전'(184쪽)에서 "그[박인환]가 간 후 발표된 그의 시 「옛날의 사람들에게」는 며칠 후에 있을 자유문협 주최의 작고작가作故作家 추념제에 그 자신이 낭독하기 위하여 쓴 것인데, 그는 가고 그의 시를 그가 지하에서 듣게 되었으니 이 얼마나 우스꽝스러운 운명의 장난인가."라며 안타까워했다.

1945년 8.15광복으로 평양의학전문학교를 그만두고 상경하여, 종로3가 2번지 낙원동 입구에 서점 '마리서사茉莉書舍'를 개업한 박인환은, 서점에 가끔 들르던 미모의 세련된 여성 이정숙李丁淑(한국은행 근무)을 만나 열렬히 사랑하여, 1948년 봄 덕수궁 앞에서 결혼식을 올렸다. 시와 음악과 영화를 사랑하여 한층 깊게 교감한 이 부부가 손잡고 명동 거리를 거닐 때면 '한 쌍의 학鶴 같아' 으레 선망의 시선이 쏠리곤 했다. 좋은 가문의 막내딸로 티없이 자란 이정숙은 진명여고 농구선수 출신으로, 170센티미터의 큰 키에 늘씬한 미인이었다.

박인환이 급서하자 그 이정숙 여사는 졸지에 2남 1녀 어린 자식의 양육을 혼자 떠맡게 되었다. "서른 살에 청상이 된 시인의 젊은 아내 이정숙은 생활전선에 뛰어들어 갖은 고생을 다하며 아이들을 길러야 했다. 처음에는 장례식 때 지인들에게서 받은 부의금을 밑천으로 명동에 다방을 차렸다. 그러나 운영이 어려워지자 급기야는 명동 뒷골목의 술집마담이 되기도 했다."(민윤기, 『다음 생에 다시 만나고 싶은 시인을 찾아서』, 스타북스, 2019, 168쪽)는 것만이 다가 아닐 것이다.

2

박인환은 1926년 8월 15일 강원도 인제군 인제면 상동리 159번지에서, 아버지 박광선朴光善과 어머니 함숙형咸淑亨 사이의 4남 2녀 중 맏이로 태어났다. 아버지 박광선 씨는 중등교육을 받은 이로, 시골 사람답지 않게 세련된 외모와 진취적인 사고방식을 지녔으며, 면사무소에 근무하면서 얼마만큼의 토지를 가지고 있어서, 중류 이상의 경제적 생활을 누리며 살았다. 양근 함씨인 어머니 함숙형 씨는 어린 시절 서당에서 한문을 배워 박식하고 솜씨가 뛰어났으며, 섬세하고 예의범절이 단정한, 아주 현숙한 부인이었다. 박인환은 소년기에 그 어머니로부터 설화와 구전문학을 들으며 자랐다.

1933년 여덟 살이 되던 해에 박인환은 인제공립보통학교에 입학하여

다니다가, 열한 살이 되던 해인 1936년, 시골생활을 정리하고 서울로 올라와 산판업山坂業을 하게 된 아버지를 찾아, 어머니가 끊어 준 버스표를 가지고 홀로 깊고 깊은 산골 인제에서 춘천까지, 다시 버스를 갈아타고 서울로 첫 걸음을 하였다. 처음에는 서울시 종로구 내수동에서 살다가, 맨 나중에 상경한 어머니와 함께 박인환네 가족은 종로구 원서동 언덕 134의 8번지로 옮겼다. 이사한 원서동에서 박인환 소년은 덕수공립보통학교에 편입 시험을 치르고 4학년에 편입할 수 있었다. 박인환은 좀 덜렁대기는 하였으나 활달하고 시원시원한 성격에 호기심 많은 소년이었다고 한다.

1939년 3월 18일 열네 살에 덕수공립보통학교를 졸업한 박인환은 4월 2일, 5년제인 경기공립중학교(*광복 전에는 '경성제2고보'로 불렸다)에 입학하였다. 이때부터 영화와 문학 등에 심취하였으며, 기억력이 좋은 그의 학교 성적은 늘 우수하였다고 한다. 박인환이 열다섯 살이 되던 해인 1940년, 134-8번지의 인근인 원서동 215번지로 이사하여 1년 남짓 살게 되었다. 박인환이 시를 쓰기 시작하고, 유명 시인들의 시를 암송하곤 한 것이 그가 중학교 2학년 때인 이 무렵부터였다.

사실 안 된 말이지만 죽기 전까지 문학을 하는지 뭘 하는지 몰랐다. 나는 그가 의사나 교사가 될 것을 강요하고 있었다. 1년을 다니다 만 것이었지만, 평양의전을 들어가게 된 것도 그런 의미가 있었다. 죽은 지 17년, 수명이 짧아 애석하더니 세월이 약이다. 자식이지만 청렴결백하고 의리가 있었던 사람임을 자부한다.

이 글은 '작가와 관계가 있었던 친지들과 유가족들을 일일 찾아다니고, 당대 작품의 현장을 답사, 확인하면서 발로 쓴 글'이라는 소설가 김용성의

『한국현대문학사탐방』에서 인용(박인환편, 593쪽)한 것인데, 박인환 부친 박광선 씨의 술회 부분이다. 김용성의 말대로, 박광성 씨는 박인환 생존 때의 문학을 이해하지 않았음을 안타까워하는 마음이 짙게 묻어 있다.

가장 감수성이 예민하고 으레 반항적이고 비판적인 사춘기를 지나면서 박인환은 "극도의 호기심과 모험심, 또 시와 그림, 영화를 사랑하고 거기에 열중하게 되는 예술적 영혼의 성장, 자유분방하고 유아독존적 자존심 등이 그의 인격형성의 바탕을 이루어 가고 있었던 시기"였음을 강계순 시인은 강조하고 있다(강계순, 『박인환 평전』, 26쪽). 박인환은 조숙한 문학소년답게 선생님의 눈을 피하여 영화관 출입도 하고, 교과서 이외의 소설에 열중하며 밤을 지새우기도 한 이 무렵, 그러니까 1941년 3월 16일 학교로부터 퇴학 처분을 받은 것도 그의 조숙성과 무관치 않아 보인다.

박인환의 알려지지 않은 소년 시절 비화 한 가지가 있다. 1941년 3월 16일, 영화를 너무나 좋아하던 박인환 소년은 부민관(현재 서울시의회 건물)에서 영화를 보다가 선생님한테 들켜 퇴학당한다. 그래서 할 수 없이 한성학교 야간부를 다니다가, 그 다음 해 황해도 재령에 있는 명신중학교 4학년으로 편입하면서 원서동을 떠난다. 이렇게 자주 이사를 다니고 이 학교 저 학교 전학을 하게 된 까닭은 박인환의 아버지가 산판업을 했기 때문으로 추정된다(민윤기, 앞의 책, 161쪽).

소년 박인환이 왜 뜬금없이 서울의 학교에서 갑자기 황해도 재령의 학교로 전학을 하게 되었는지 그 고리가 연결되는 대목이다. 1944년 기독교 재단의 5년제 명신중학교를 졸업한 박인환은 아버지의 권유에 따라 관립 평양의학전문학교(1929년 창립, 3년제)에 입학하였다. 일제 식민치하에서 한국 사람들은 관리로 출세하거나, 직장을 잡기가 힘들었던 터라,

의과를 선택한 것이었다. 게다가 당시 의과, 이공과, 농수산과 전공자들은 징병에서 제외되는 혜택이 있었다.

강계순 시인이 해명하고 있듯, 청년기의 문턱을 바라보게 된 나이의 박인환은 그가 동경하고 꿈꾸던 시인으로서의 생활은 일제 말기의 조선어 말살 정책과, 미쳐 날뛴 탄압에 짓눌려 꽃을 피울 엄두를 낼 수 없었다. 그런 가운데 그나마 가장 자유롭고, 아픈 인간에 대한 봉사도 할 수 있었으며, 여러 모로 제약을 덜 받을 수 있다고 판단되는 의사가 되는 길을 권유한 아버지의 뜻을 박인환은 수용한 것으로 보인다.

박인환이 소년기에 대한 추억을 생각하며 쓴 시들을 보면, 대개의 시인들의 초기 작품이 그렇듯 바람과 구름, 별과 언덕, 추억과 고독, 쓸쓸한 노을과 어머니 등 그런 단어들이 많이 보인다. 그의 초기 시 「전원田園」은 물론 서정적 표현의 작품이긴 한지만, '지난 시인의 걸어온 길을/ 나의 꿈길에서 부딪혀 본다', '국토의 냄새를/ 산마루에서/ 지킨다', '쓰라린 농촌의 황혼'을 바라보는 슬픔, '찾아든 고독 속에서/ 가까이 들리는 바람 소리'같이 가슴을 후비는 정서적 감각의 기표들이 박혀 있다. 그런가 하면, '떠난 친구의 목소리가 강물보다도 서늘하게 들리고', '절름발이 어머니가 삭풍에 쓰러진 고목 옆에서 부르는' 소리에 '염소처럼 울었고', '마차가 넘어간 언덕에 앉아 지평에서 걸어오는 옛사람들의 모습을 보던' 소년기의 기억과 상상, 혹은 정서적 인상을 처연하고 담담하게 형상해 놓았다.

고향과 관련하여 박인환이 쓴 「인제麟蹄」라는 작품은 그가 타계하기 9일 전 '조선일보'에 발표된 기록을 가지고 있어서 한층 비감을 자아낸다.

아무도 모르는 산간벽촌에
나는 자라서

고향을 생각하며 지금 시를 쓰는
사나이
나의 기묘한 꿈이랄까
부질없구나.

그곳은
전란으로 폐허가 된 도읍
인간의 이름이 남지 않은 토지
하늘엔 구름도 없고
나는 삭풍 속에서 울었다
어느 곳에 태어났으며
우리 조상들에게 무슨 죄가 있던가.
―「인제」 부분

참혹한 6.25전쟁의 기억이 이 시인의 정신에 얼마나 큰 상처로 남아 있는지를 여실히 보여주는 작품이다. 시 「인제」보다 앞서, 박인환이 종군기자로 고향을 방문했을 때의 생각과 느낌을 쓴 시 「고향에 가서」(1955. 10.15, 『박인환선시집』) 역시 전반부에서는 전쟁의 참화로 말미암은 황량한 고향의 광경을 써늘한 감각으로 형상해 놓고 있다.

갈대만이 한없이 무성한 토지가
지금은 내 고향

산과 강물은 어느 날의 회화繪畫
피 묻은 전신주 위에

태극기 또는 작업모가 걸렸다.

학교도 군청도 내 집도
무수한 포탄의 작렬과 함께
세상엔 없다.

인간이 사라진 고독한 신의 토지
거기 나는 동상처럼 서 있었다.
내 귓전엔 싸늘한 바람이 설레이고
그림자는 망령과도 같이 무섭다.
　　　　　　　―「고향에 가서」 전반부

전쟁의 포화 속에 폐허가 되어버린 심심산골의 고향, 갈대만이 무성히 자라 무심히 쏠리고, 그 맑고 아름답던 고향의 정경은 이제 한낱 기억 속의 그림으로만 남아 있을 뿐이다. 관청과 마을은 포탄에 잿더미가 되어 버렸고, 피가 묻어 있는 전신주 위에는 피 묻은 태극기, 아니면 일하던 누군가의 작업모만이 걸려, 처참했던 전투의 실상을 흔적으로 보여주고 있다. 이제 착한 수호신은 죽고, 오직 '검은 죽음의 신', '고독한 신'만이 음습히 지배하는 이 땅에서 망연자실한 화자는 동상처럼 굳은 채 한동안을 서 있었다고 말한다. 싸늘히 부는 바람 속에서 검은 신이 저질러 놓은 폐허의 그림자는 망령처럼 엄습해 온다. 전쟁은 한 인간의 영혼을, 그리고 한 집단 공동체의 일상적 삶을 초토화시키는 공포[죽음]의 신이 아닐 수 없다.

3 ──────

광복이 되자 박인환은 평양의전의 학업도 그만두고, 한 민족끼리 사는 자유로운 세상에서 꿈을 펼쳐 갈 기대에 부풀어 상경하였다. 서울로 돌아온 그는 그 해 연말에 서점 '마리서사茉莉書舍'를 열었다. 아버지를 설득하여 3만 원, 작은이모에게서 2만 원을 얻어, 찻값이라도 벌 양으로 종로 3가 2번지 낙원동 어귀에 20평 남짓한 서점을 연 것인데, 그곳은 그의 이모부가 장사하고 있던 포목점 바로 옆자리였다. 책방 이름 '마리서사'의 '말리茉莉'는 물푸레나무과의 상록 관목 이름으로, 당시 일본에서는 '마리'라고 불렀으며, 초현실주의 화가 박일영朴一英(본명은 박준경朴準敬)이 일본의 모더니즘 시인인 안자이 후유에安西冬衛의 첫 시집 『군함 말리軍艦茉莉』에서 따다 지어 준 것이라는 설(김수영, 권영민 등)이 있다. 하지만, 박인환의 아내 이정숙 씨는 남편이 프랑스의 여류화가 마리 로랑생(1885~1965)을 무척 좋아한 나머지 그의 이름에서 따와 지은 것이라는 말을 직접 들었다고 밝힌 적이 있다(민윤기, 앞의책, 162, 박세형(박인환 시인의 장남), 「아버지는 불행한 시인은 아니었다」, '월간조선', 2015년 4월호, 대담).

2년을 채 넘기지 못하고 문을 닫아 버렸지만(1948년 봄에 폐점), 이 마리서사 시절은 박인환의 인생과 문학에 있어서 매우 중요한 전환점이 되었다. 이 서점을 드나드는 쟁쟁한 시인 예술가들과 교분을 맺게 됨으로써 시인으로 활약할 기회를 다지게 되었을 뿐만 아니라, 평생의 반려자(아내 이정숙)를 만난 장소이기도 했다. 마리서사에는 광복 직후 혼란기에, 30년대부터 활약하던 김기림, 정지용을 필두로 김광균, 오장환, 장만영, 김경린, 김수영, 이진섭, 김병욱, 송지영, 박영준, 이한직, 양병식, 조향, 이봉래, 조우식, 이시우, 임호권, 배인철, 화가 박일영, 길영주, 최재덕 등이 드나들고 모여서 해외의 문예지를 돌려보고, 시와 예술을 이야기하고, 시론을 펼쳐 나갔다.

애서가로서 서구의 문학과 예술에 밝던 박인환은 세계 여러 나라 시인들의 시집과 비평집, 화가들의 화집들을 두루 갖추어 마리서사를 채웠다. 당대의 유명한 선배 시인들이며, 장차 '신시론' 동인과 '후반기' 동인들이 될 젊은 시인들이 찾고, 더러는 뻔질나게 드나든 것도 외서外書가 잘 구비되어 있다는 입소문이 한 몫을 했던 터였다. 그만큼 당시의 선진先進 시인들은 해외의 문학과 시론에 목말라 있었던 것이다. 마리서사는 이렇게 시인과 화가들의 예술적 공동체를 이루다시피 되었다. 비록 서점이 오래 유지되지는 못했지만, 마리서사의 시기는 우리 시문학사에서 특기할 사실의 하나라고 하겠다.

일찍이 영화를 무척 좋아했던 박인환은 이 무렵 시를 쏟아내는 한편 "영화에 대한 높은 안식을 가지고 있었으며, 시인은 영화를 알아야 한다고 주장했다"(이진섭)고 한다. "왜 이 나라에는 감독이 없느냐"고 입버릇처럼 말했다는 박인환이, 페니실린을 위조하는 부정한 짓을 하면서도 자신의 행위를 합리화하며, 친구와의 우정을 끝까지 지키고자 노력하는 인간적 모습을 다룬 영화 '제3의 사나이' 시사회에서, "영화가 한 절반쯤 지나자, 문득 일어나 뒤를 돌아보며 "이겁니다. 이것이 영화예요, 백철 씨 아십니까!" 하며 흥분된 어조로 떠들어 장내를 웃음바다로 만든 적도 있다(윤석산尹錫山, 박인환 평전 『박인환, 지금 그 사람은 잊었지만』, 영학출판사, 1983, 146쪽)고 하니, 그가 얼마나 열렬한 영화 마니아였는지 알 만하다. 박인환은 시와 문학평론뿐만 아니라 영화평론, 미술평론까지 썼으며, 그 첫 영화평론인 「아메리카 영화 시론試論」이 마리서사 시절 막바지인 1948년 1월호 '신천지'(통권 22호)에 발표되었다.

박인환은 1946년 등단 이후, 1948년 10월에 평론 「사르트르의 실존주의」를 '신천지' 30호에, 1949년 1월에는 김기림 장시집 서평인 「'기상도' 전망」을 '신세대' 30호에 발표하였다. 그가 좋아한 딜런 토마스, 뉴 컨트리파의 오든, 스펜더, C.D. 루이스 등의 시와 시론을 읽고 문우들과 담론하거나 소개했으며, 점차 해외문학의 번역에도 힘써 1950년대 초

6.25 전쟁 중과 전후戰後(타계하기 바로 전)까지 발표하였다.

최근 맹문재 교수가 엮은 『박인환 번역 전집』(푸른사상, 2019. 9.)은 400쪽에 달하는 책으로, 박인환 혹평자들이 누누이 짓씹어 왔지만, 박인환이 겉멋만 부린 시인이 아님을 입증해 준다. 물론 이 책에서, 박인환의 번역문을 다 발굴해내지 못한 것이라고 한 엮은이 맹문재 교수는 "박인환은 순수 서정시를 지향하는 '청록파'류나 정치적인 지향에 경도된 '조선문학가동맹'류의 시가 아니라, 새로운 감각과 시어로 현대사회를 반영하려는 것을 지속 및 확대하기 위해 외국 작품을 읽고 독자들에게 전한 것이다."(박인환의 번역 작품론 「전쟁 반대와 예술 및 추리의 세계」, 『박인환 번역 전집』, 392쪽)라고 하고, 그 목록을 정리해 놓고 있다. 지면 사정상 번역 대상 작가명과 장르만 열거해 보면 다음과 같다.

존 스타인벡의 기행문, 윌리엄 아이리스의 소설, 제임스 힐턴의 소설, 알렉스 컴포터의 시, 그레엄 그린의 소설, 어니스트 헤밍웨이의 소설, 애거시 크리스티의 소설, 펄 벅의 소설, 윌러 캐더의 장편소설, 테네시 윌리엄스의 희곡 등.

문학사적 관점을 고려할 때, 박인환의 마리서사 시절에 대한 악평惡評들을 지나칠 수 없다. 먼저 이동하李東夏의 경우, 박인환이 서점을 연 것에 대해 시비조로 왜 하필 서점이냐, 그것은 '다른 목적'(*문단 진출의 의도)이 있었다고 단언하며, '무명의 일개 의학도에 불과했던 박인환', '박인환에게 마리서사는 문단 진출의 발판이었던 것'이라고 비아냥댄 것이다.

위에 인용된 김수영의 글에서도 알 수 있다시피 숱한 문학청년들이 여기에 드나들면서 하나의 집단을 형성해 갔다. 그리고 이들의 '소굴'을 마련해 준 박인환은 소굴 주인으로서의 권위에다가 그 타고난 달변과 정열의 힘을 보탬으로써 이들 간에 좌장격으로 군림할 수 있었다. (중략) 박인환은 이처럼 '소굴'의 주인으로 등장하여 많은 문학인들과 얼굴을 익혀가는 한편 작품으로도 데뷔를 기록하게 된다(이동하, 『박인환 평전』, 문학세계사, 1986, 23쪽).

인용 부분은 『박인환 평전 : 목마와 숙녀와 별과 사랑』의 편저자인 평론가 이동하의 글이다. 건방지게 '소굴巢窟'이 무엇인가. '소굴'은 국어사전에 '나쁜 짓을 하는 무리들이 모여 있는 곳'이라고 되어 있다. 마리서사에 대해 '소굴'이라고 먼저 쓴 사람은 박인환 사후死後 10주기 때, 경멸의 글로써 박인환을 문학적으로 확인사살을 한 라이벌 김수영 시인이다. 그는 산문 「마리서사」(1966)에서 '전위예술의 소굴 같은 감을 주게 되었지만…'이라고 한 바 있다. 그런데, 김수영 신봉자들은 아예 당대의 유수한 시인과 예술가들이 모이곤 했던 '마리서사'를 '…같은 감을 주는 곳'도 아닌, 무슨 나쁜 놈들의 집합처였던 것처럼 악평을 하고 있는 것이다.

이동하는 1946년 박인환의 등단작인 시 「거리」를 두고, '티끌만큼도 시인 자신의 생생한 체험에 의하여 뒷받침을 받고 있지 않은 공상 취미의 멋 부림의 태도'의 작품이라고 폄훼하고, "시 「거리」는 결국 실패한 이류의 작품이라는 평가를 피할 수 없다. 그리고 그것이 가지고 있는 결점은 첫째 어휘의 빈곤(한자어에 지나친 의존), 둘째 이미지들에 통일된 질서를 부여하지 못한 점, 셋째 경박한 멋부리기—이 세 가지로 항목화할 수 있을 것이다."(이동하, 같은 책, 26쪽)라고 의기양양하게 적시하고 있다.

이동하가 주장하고 있는 한자어漢字語에 의존한 어휘의 부족은 그 당시 김수영에게도 그대로 적용되는 것이다.

百花의 意匠/ 萬華의 거동이/ 지금 고요히 잠드는 얼을 흔드며/ 關
公의 色帶로 감도는/ 香爐의 餘烟이 神秘한데// 어드메에 담기려고/
漆黑의 壁板 위로/ 香烟을 찍어/ 白蓮을 무늬 놓는/ 이 밤 畵工의 소
맷자락 무거이 적셔/ 오늘도 우는/ 아아 짐승이냐 사람이냐
　　— 김수영 시 「廟庭의 노래」(1945) 후반부

동무여 이제 나는 바로 보마/ 事物과 事物의 生理와/ 事物의 數量과
限度와/ 事物의 愚昧와 事物의 明晰性을
　　— 김수영 시 「孔子의 生活難」(1945) 부분

구두여 洋服이여 露店商이여/ 印刷所여 入場券이여 負債여 女人이
여/ 그리고 女人 중에도 가장 아름다운 그네여
　　— 김수영 시 「거리二」(1955) 부분)

　약간의 인용에 불과한데, 김수영의 한자어 의존 상태는 박인환 시인 타
계 전까지는 물론, 그 뒤 김수영 시인 타계(1968) 직전까지도 별반 달라진
게 없다(『김수영 전집1시』, 민음사, 1981 참조). 박인환 타계 전까지의 김수영
작품 중의 「애정지둔愛情遲鈍」 「조국祖國에 돌아오신 상병포로傷病捕虜 동
지同志들에게」 「나의 가족家族」 「헬리콥터」 「국립도서관國立圖書館」 등만
찾아 읽어 보아도 한자 및 한자어로 범벅이 된 사실을 어렵지 않게 확인할
수 있을 것이다. 김수영도 그의 산문에서 일제하 1920년대 출생으로서
우리 말 교육을 제대로 받을 수 없었던 시대적 상황을 설명하며, 자신의
시작詩作에서 어휘의 빈곤함을 밝힌 바 있다. 그러한데도 어휘의 빈곤과
한자어 의존 현상이 어째서 박인환에게만 문제가 되는 것인가.
　한편, 김수영의 등단작으로 알려진 「묘정廟庭의 노래」는 당시 마리서

사에 드나들던 모더니스트 시인들의 "묵살의 대상이 되고, 역시 거기 드
나들던 내(김수영) 자신의 자학의 재료가 되어" 그 후 김수영 스스로 마음
의 작품목록에서 지워 버린 시가 되었다고 밝힌 바 있다(「연극을 하다가 시
로 전향」, 『김수영 전집2산문』, 227쪽). 문제는 이동하의 『박인환 평전』이 시종
일관 박인환의 인간과 문학을 폄하하고 있다는 사실이다. 마지못해 부분
적으로 인정하는 면이 없지는 않지만, "그[박인환]가 자기의 것으로 확보
해 놓은 것이 있다면 그것은 소박한 센티멘털리즘에 바탕을 둔 허무주의
뿐이었다."(이동하, 같은 책, 51쪽)라는 것이 이동하의 줄기찬 박인환관朴寅煥
觀이다.

　게다가, 이동하의 『박인환 평전』에는 여러 문인들의 박인환론을 뽑아
모은 「박인환 논집」이 편집되어 있는데, 김수영이 박인환의 서점 마리서
사에 대해 경멸조로 쓴 산문 「마리서사」에서 예例의 그 '소굴' 부분이 들
어 있는 전반부만 싣고, 김수영 스스로도 미안했던지 가볍게나마 "나에
게는 아직도 해결하지 못하고 있는, 그리고 앞으로도 좀처럼 해결하지 못
할 것 같은 세 가지 문제가 있다. 죽음과 가난과 매명賣名이다"(『김수영 전
집2산문』, 민음사, 1981, 73쪽)로 시작되는 후반부를 깡그리 생략해 버리고 있
다. 그 후반부에는 김수영도 일면 마리서사의 순기능을 말한 유일한 대목
인 다음과 같은 내용이 들어 있다.

　　사실은 이 글의 의도는, 말리서사(김수영은 '말리서사'로 표기함)를 빌어서
　　우리 문단에도 해방 이후에 짧은 시간이기는 했지만 가장 자유로웠던,
　　좌·우의 구별 없던, 몽마르트 같은 분위기가 있었다는 것을 자랑삼아
　　이야기해 보고 싶었다.

　이동하는 그런 부분마저 외면하고 싶었던 것일까? 곡해와 편견은 문

학과 문학인을 죽이는 데 그치지 않고, 문학사를 왜곡시키는 지극히 나쁜 결과를 초래한다는 점에 문제의 심각성이 있다.

김수영의 박인환 경멸론을 좇아 박인환의 문학에 대한 악평을 퍼부은 또 한 사람으로 이주형李注衡이 있다. 박인환의 시세계에 대한 본격적인 논의와 이주형의 「박인환 시고詩考」 등은 다른 기회에 논하고자 한다. 다만, 이주형의 박인환론 가운데는 심지어 1920년대의 박종화의 시 「흑방비곡」, 황석우의 시 「태양은 꺼지다」 같은 작품과 억지로 견주며 곡해曲解하고, 박인환의 대표작으로 일컬어지는 「목마와 숙녀」에 대해서도 "내용에 있어서나 시적 형상화에 있어서나 공허하기만 한 작품이다. 이 작품 속의 언어들은 시적 생명력을 지니지 못한 죽은 언어들이다."(이주형, 「박인환 시고」, 이동하 편저 『박인환 평전』, 149쪽)라며 혹평 악평을 서슴지 않은 점만 밝혀 둔다.

어느 시대 어느 시인도 그 자체로 온전할 수는 없다. 박인환도 김수영도 온전하지 못함은 말할 것도 없다. 그러나 이른바 '극장의 우상'에 갇혀 한 시인의 인간과 문학세계를 악의적으로 폄훼하는 자세는 결과적으로 그 누구에게도 이롭지 않다.

곡해와 편견 속에 오랫동안 매장되었던 박인환, 오문석이 짚어내고 있듯, 주로 2000년대에 접어들어, 학계의 젊은 학자들을 중심으로 박인환의 문학과 문학사적 업적을 재평가하는 작업이 이루어지고 있는 것은 다행한 현상이라고 하지 않을 수 없다.

글 | 조명제

조명제 시인은 우석대학교 대학원에서 문학박사 학위를 받고 중앙대 등 교수를 역임했다. 현재 월간시인 편집인 겸 서울시인협회 부회장이다.

박인환 시인
삶의 흔적이 남아 있는 곳을 찾다

2026년은 박인환 시인의 탄생 100주년, 작고한 지 70주년이 되는 해이다. 하지만 이제 박인환의 「목마와 숙녀」와 「세월이 가면」은 잊어야 한다. 그가 왜 버지니아 울프를 사랑했는지, 왜 천재 시인 이상李箱을 그리워하다가 결국 죽게 되었는지, 첫 시집 제목을 왜 그토록 '검은 준열峻烈의 시대'로 붙이고 싶어 했는지… 등을 새로 공부하고 발견하여 '시인 박인환'을 복권해야 한다. 이 시집을 준비하면서 지금은 흔적조차 남아 있지 않은 '박인환의 집터'와 '박인환의 고향'과 '박인환의 명동'과 '박인환의 묘소'를 새삼스럽게 다시 소개하는 이유이다.

세종로 135번지 — 결혼 후 죽을 때까지 살던 집터

박인환 시인은 원서동에서 살던 독신 생활을 청산하고 결혼 후 이곳에서 살기 시작하였다. 서울 종로구 세종로 135번지. 그러나 이 주소는 현재 도로명 주소로는 존재하지 않는다.

박인환은 수필 「우리의 약혼 시절」에 이렇게 쓰고 있다. "1947년 초겨울에 약혼을 하였습니다. 4, 5개월 간의 교제 끝에 두 사람은 결혼을 함으로써….” 그리고 두 사람은 1948년 4월에 결혼하였다. 약혼 후 1년 남짓 뒤에 결혼한 셈이고, 신접살림은 이곳에 차렸다. 이 집은 처가였다. 처가살이로 결혼생활을 시작한 셈이다. 신부 이정숙의 아버지는 이왕실 재정을 담당하는 관리였다. 삼촌 또한 해방 후 장관까지 지낸 분으로 유복한 명문 가문이었다.

박인환 시인이 신혼생활을 시작한 세종로135번지의 집은 디근자형의 한옥이었다. 집 앞으로는 맑은 중학천이 흘렀다. 중학천은 북악산 골짜기 삼청동에서부터 흘러내려와 청계천으로 합류하는 작은 개천이다.

종로구 세종로 135번지의 정확한 위치는 현재 교보문고 광화문 빌딩 뒤편 주차장으로 사용되고 있는 공터이다. 주차장 입구의 표석에는 이렇게 새겨져 있다.

세종로 박인환이 살던 집터. 교보빌딩 뒤 소나무 아래쪽으로 추정된다

이곳은 모더니즘 시인 박인환(1926-1956)이 1948년부터 1956년까지 거주하며 창작활동을 하였던 장소이다. 1955년에는 『박인환시선집』을 냈으며 「목마와 숙녀」는 그의 대표작으로 꼽힌다. 그가 마지막으로 남긴 「세월이 가면」은 노래로 만들어져 널리 불리어지기도 하였다.

세종로 박인환 생가 터 표석.

이 짧은 표석의 문구는 두 군데나 사실과 다르다. 첫 번째로 1955년에 출간한 박인환 시집의 제목은 『박인환시선집』이 아니라 『박인환선시집』이다. 시집의 제목은 엄연한 고유명사이므로 그대로 써야지 마음대로 바꿔 사용할 수 없다. 시집 제목은 시인의 혼이 깃들어 있는 창작물이므로 더욱 그렇다. 두 번째 오류는 박인환 시인이 마지막으로 남긴 시는 「세월이 가면」이 아니다. 이 작품은 노래로 만들어져 많은 사람이 불러 유명해졌달 뿐이지 결코 마지막 작품이 아니다. 박인환 시인이 발표한 마지막 작품은 1956년 3월 17일자 한국일보에 발표한 「죽은 아폴론」이다. 죽기 바로 사흘 전이다. 이상을 너무 좋아한 박인환 시인은 3월 17일을 그의 기일忌日로 착각하고는 그날에 맞춰 추모 시를 발표했던 것이다(만약에 교보빌딩 관계자나 종로구청 담당자가 이 글을 읽는다면 곧 바로잡아야 할 것이다).

오늘은 3월 열이렛날

그래서 나는 망각의 술을 마셔야 한다
여급女給 마유미가 없어도
오후 세 시 이십오 분에는
벗들과 제비의 이야기를 하여야 한다.

그날 당신은
동경東京 제국대학 부속병원에서
천당과 지옥의 접경으로 여행을 하고
허망한 서울의 하늘에는 비가 내렸다.

운명이여
얼마나 애타는 일이냐
권태와 인간의 날개
당신은 싸늘한 지하에 있으면서도
성좌星座를 간직하고 있다.

정신의 수렵狩獵을 위해 죽은
랭보와도 같이
당신은 나에게
환상과 흥분과
열병과 착각을 알려 주고
그 빈사의 구렁텅이에서
우리 문학에
따뜻한 손을 빌려 준
정신의 황제.

무한한 수면
반역과 영광
임종의 눈물을 흘리며 결코
당신은 하나의 증명證明을 갖고 있었다
이상李箱이라고.
— 「죽은 아폴론」 전문 (한국일보, 1956년 3월 17일)

이 시의 구절처럼 박인환 시인은 3월 17일부터 이상을 추모하는 모임을 갖고는 내리 사흘 간 술을 마셔댔다. 술이 약했을 뿐더러 잘 먹지 못해 영양이 엉망인 상태에서 독하고 값싼 술을 마셔댔으니 죽음을 자초한 것이나 다름없다. 아예 죽을 작정을 했는지도 모른다.

시인 박인환 씨는 지난 20일 하오 9시경 심장마비로 세종로 자택에서 별세하였다. 씨는 금년 33세의 젊은 시인으로서 가장 첨예하고 지적인 감각을 지니고 우리나라 시단에 새로운 작품을 제기시켜 주려고 노력하였는데, 작품으로서는 지난 겨울에 1백여 편을 엮은 『선시집』을 내놓았다. 유가족으로는 부인과 2남 2녀가 있다. 그런데 동同씨의 장례식은 시인장으로 22일 상오 11시에 자택에서 거행하리라 한다.
— 1956년 3월 22일 한국일보

박인환 시인의 죽음을 보도한 한국일보 기사이다. 박인환 시인의 나이를 '33세'라고 한 점과 『선시집』에 실린 시가 백여 편이라고 한 점, 유가족이 2남 2녀라고 한 점은 오보이다. 박인환 시인의 나이는 서른 살, 『선시집』에 실린 시는 56편, 유가족은 2남 1녀가 맞는다.

박인환 부부가 결혼식 직후 가족 친지들과 덕수궁 석조전 앞에서 찍은 기념사진

어느 날 장만영이 회사로 허둥지둥 찾아왔다. 박인환이 죽었다는 것이다. 그 길로 나는 청진동과 광화문 사이 천변川邊에 있던 그의 낡은 한옥을 찾았다. 박인환은 이미 관에 들어 있고, 그 앞엔 향로, 촛불, 성냥곽이 놓여져 있었다. 신부 같은 젊은 부인이 우리를 보더니 울음을 터뜨렸다.

— 김광균의 수필 「마리서사 시절」에서

3월 17일 밤 9시경, 박인환 시인은 그렇게 세상을 하직했다. 장남(박세형)의 인터뷰에 따르면 "집안 펌프물 가에서 술에 취해 돌아온 아버지가 토하는 것을 보았다"고 했다.

서른 살에 청상이 된 시인의 젊은 아내 이정숙 씨는 그 후 생활전선에 나가 갖은 고생을 하며 아이들을 길렀다. 박인환을 아끼던 지인들이 낸 부의금을 밑천으로 명동에 다방을 차렸으나 그도 여의치 않아 급기야는 명동 뒷골목 술집을 운영하기도 하였다. 이런 사실은 박인환 시인이 죽은 지 일곱 해를 맞이해 이정숙 씨가 한 여성 잡지에 기고한 글을 통하여 세상에 알려졌다.

세월이 가면 사람도 가는 것. 이정숙 씨도 지난 2014년에, 반 백 년 전에 죽은 남편의 뒤를 따라 먼 길을 떠났다. 향년 87세의 나이였다.

이정숙(박인환 시인 미망인)씨 별세. 박세형, 세곤(가천대 명예교수), 세화 씨 모친상, 윤수향(연주중학교 교사) 시모상. 2014년 7월 25일, 강남 세브란스병원 장례식장.

— 2014년 7월 23일, 매일경제신문 부고란.

원서동 134-8번지 – 소년 시절을 보낸 집터

종로구 원서동 134-8번지는 도로명 주소 '종로구 창덕궁길 47-4'이다. 창덕궁 정문에서 왼편 담을 따라 북쪽으로 난 좁은 길로 올라가면 냉면과 만두가 맛있다고 소문난 '북촌면옥'과 한 상 잘 차려 내는 한정식집 '용수산'을 지나면 바로 '마고 카페' 간판이 있는 건물이 나오고, 그 건물 왼쪽으로 널찍하고 어수선한 공터가 나타난다.

이 공터 왼편 끝으로 삼각형 지붕이 반쯤 형체를 드러내는데, 이 집이 1936년부터 1941년 사이 인제에서 이사 온 박인환네가 살던 집이다. 전통적인 한옥은 아니다. 그렇다고 완전한 일본식 집도 아니다. 속칭 '오까베집'이라고 부르는 일본식의 허름한 살림집이다. 그러나 이곳에는 박인환 시인이 살았었다는 어떤 표지판도 없다. 박인환 연표에 나오는 '원서동 언덕배기집으로 이사했다'는 집이 바로 이 집이다. 창을 열면 눈 아래 창덕궁 궁궐 내부가 내 집 안마당처럼 바라보인다.

인제에서 박인환네는 처음엔 서울 종로구 내수동으로 이사했다가 다시 원서동 134-8번지 이곳으로 옮겨 왔다. 이곳에서 덕수공립보통학교 4학년으로 편입한 뒤 1939년 14살에 졸업하였고, 5년제 경기공립중학교에 입학했다. 덕수공립보통학교는 현재의 덕수초등학교이다. 광화문 네거리에서 정동 미대사관 방향으로 넘어가는 길가에 있다. 경기공립중학교는 해방 전에는 '경성 제2고보'라고 부르기도 했다.

박인환네는 1940년 15 살 때 바로 이웃마을인 원서동 215번지로 이사하여 1년 남짓 살기도 했다. 1941년 3월 16일, 영화를 너무나 좋아했던 박인환 소년은 부민관(현재 서울시의회 건물)에서 영화를 보다가 선생님한테 들켜 학교를 그만두어야 했다. 그 후 한성학교 야간을 다니다가 다음 해 황해도 재령에 있는 명신중학교 4학년으로 편입하면서 원서동을 떠났다. 이렇게 자주 이사를 다니고 전학한 까닭은 아마도 아버지의 산판업 때문으로 추정된다.

원서동 134-8 소재 ㅅ 형태의 지붕 2층집 박인환 생가.

약 여섯 해 동안 박인환은 원서동에서 소년 시절을 보냈다.

평생의 반려를 만난 마리서사 터 – 종로 3가 2번지

'1945년인지 그 다음 해인지 낙원동 골목을 나서 동대문으로 가는 좌변左邊에 마리서사茉莉書舍라는 예쁜 이름의 서점이 문을 열었다. 20평이 채 되지 않아 보이는 서점으로, 책이 꽉 차 있지는 않았으나 문학 서적이 대부분이어서 나는 책을 몇 권 샀다. 자기가 서점 주인이라는 20대 청년이 인사를 청하고, 이름이 박인환이라는 것이었다.

— 김광균 수필 「마리서사 주변」에서

박인환 시인은 1945년 연말에 서점 마리서사를 열었다. 산판업을 하는 아버지에게서 3만 원, 이모부에게서 2만 원 도움을 받았다. 그의 나이 19살 때 일이다. '마리'는 프랑스의 여류화가 마리 로랑생에서 따왔다고도 하고, 서울대 권영민 교수는 일본 시인 안자이 후유에安西冬衛의 시집『군함 말리』에서 따왔다고 주장한다. 또 재스민을 가리키는 '말리화茉莉花'에서 따왔다는 설도 있다. 그러나 박인환의 아내 이정숙 씨가 "마리 로랑생을 좋아해서 마리서사라고 지었다"는 말을 남편에게서 직접 들었다고 밝힌 적이 있으므로 마리 로랑생에서 따온 것이 맞는다.

서점 마리서사 시절은 박인환 시인 생애에서 아주 중요하다. 우선 이곳을 드나드는 재능 있는 시인 예술가들과 교류함으로써 시인으로 활약하는 기회가 생기기도 했고 평생의 반려자인 아내 이정숙씨를 만난 장소였기 때문이다. 그녀는 진명여고 농구선수 출신으로, 170센티미터의 늘씬한 미인이었다.

마리서사에는 세계 여러 시인의 시집과 화가의 화집들이 많았다. 외서

마리서사의 원래 모습(위)과 인제 박인환 문학관에 재현된 모습

外書가 잘 구비되어 있다는 소문이 나자 시인 김광균, 김기림, 오장환, 장만영, 정지용은 물론 훗날 '신시론' 동인으로 인연을 맺는 시인 김수영, 양병식, 김병욱, 김경린 등과 '후반기' 동인인 시인 조 향, 이봉래 같은 시인들이 단골손님이었다. 따라서 마리서사에 모여드는 시인과 화가들은, 비록 느슨하기는 했지만 일종의 예술적 공동체를 이루었다고 볼 수 있다. 그들은 퇴행적인 전통과 토속적 미학에 머물고 있는 우리나라 문학과 예술의 전근대성을 혐오하고 이를 개혁하기 위해서 모더니즘 문학운동이 필요하다는 데 공감하였다.

　마리서사 주인 시절에 박인환은 한낱 문학 지망생에서 시인으로 출발했다. 1946년 국제신보에 시 「거리」를 발표함으로써 시인으로 발을 내딛었다(국제신보의 실제 여부와 작품 발표의 구체성은 불분명하다). 그러나 박인환이 시인으로 출발하는 데 도움이 된 곳이지만, 계속되는 적자를 견디지 못해 1948년, 마리서사는 문을 닫았다.

종로 3가 2번지는 현재 도로명 주소 '종로구 수표로 104'로 바뀌었다. 서점이 있던 바로 그 자리에는 아주 오래전부터 '대한보청기'가 입점해 있다. 이곳이 해방 후 한국 문화계에 모더니즘의 깃발을 내건 예술가들이 모여들던 르네상스의 베이스캠프였다는 사실을 아는 이도, 그 어떤 흔적도 없다.

「세월이 가면」의 탄생 장소 - 명동, 은성 주점

박인환 하면 누구나 으레 명동을 떠올린다. 그러고는 탤런트 최불암 씨의 어머니가 운영하던 주점 '은성'과 「세월이 가면」과 「목마와 숙녀」를 끄집어낸다. 이제 이 공식은 단물이 빠질 대로 빠진 츄잉 껌과 같다. 그래서 그 이야기는 그만두기로 한다. 그 대신 명동 시절의 박인환을 떠올릴 때마다 부록처럼 딸려 나오는 「세월이 가면」과 관련한 최신 정보를 하나 공개한다. 서지학자 김종욱 선생이 제공한 자료이다.

박인환의 시를 토대로 작곡했다는 「세월이 가면」에는 이미 1956년 경부터 여러 가지 드라마틱하게 꾸민 스토리가 덧붙여져 전설이 되다시피 했다. 즉석에서 박인환이 작사하고 이진섭이 작곡하였다는 것인데, 월간 시see 창간호(2014년 1월호)는 김종욱 선생의 자료를 통해 잘못 전해진 전설임을 상당 부분 바로잡았다.

그렇다면 「세월이 가면」을 제일 먼저 음반으로 녹음한 가수는 누구일까? 최근까지 확실한 실물 자료는 공개되지 않았었다. 그래서 명동 술집

에서 처음 발표될 당시 가수 나
애심과 테너 가수 임만섭이 즉
석에서 불렀다는 증언에 따라
녹음을 먼저 한 가수는 나애심
이라는 설, 그게 아니라 음반은
「신라의 달밤」으로 유명한 가수
현인이 가장 먼저 발표했다는
설이 떠돌았다.

작사가 이름을 박헌환으로 잘못 표기한 『세월
이 가면』의 음반 라벨.

그런데 최근 1959년에 녹음
한 현인보다 훨씬 앞선 시기에
나애심이 녹음한 유성기 음반이
발견되어 논란에 마침표를 찍게 되었다. 이 자료를 공개하면서 박인환의
명동을 다시 생각한다.

나애심의 유성기 음반은 신신레코드에서 발매한 것이다. 음반 일련번
호는 S438이다. 1956년 4월 중순에 간행된 주간 〈'희망'〉 기사에 따르면
"여배우이며 가수인 나애심 양이 자진 부르고 싶다고 해서 그 후 나 양의
오빠인 작곡가 전오승 씨의 편곡 지휘로 서울방송국을 통해서 방송하는
동시에 레코드에 취입하게 되었다"고 한다. 이번에 발견된 나애심의 음
반은 대략 1956년 5월 전후에 제작되었을 것으로 추정된다.

「세월이 가면」은 나애심이 음반을 낸 이후에도 여러 가수들이 음반을
냈다. 1959년에 현인, 1968년에 현미, 1972년에 조용필, 1976년에 박인
희 등이다. 그중에서는 박인희 곡이 가장 인기가 높았다.

갈대만이 한없이
무성한 토지가

지금은 내 고향

산과 강물은 어느 날의 회화繪畵

인간이 사라진

고독한 신神의 토지

거기 나는 동상처럼

서 있었다.

— 내 고향 인제(신태양, 1954년 4월호)에서

박인환이 태어난 집터 – 인제읍 상동리 159번지

박인환은 인제군 인제읍 상동리 159번지에서 태어났다. 사업을 하는 아버지 덕분에 집안은 윤택하였다. 훗날 서울과 황해도 재령 등지로 이사하면서 중고등학교를 나왔고, 평양의학전문학교까지 입학할 정도였으니 대단한 부잣집이었던 셈이다.

보통학교 4학년 때, 요즘 학제로 말하면 초등학교 4학년 때 고향을 떠났다. 그러므로 박인환의 생애의 대부분은 고향을 떠난 객지의 삶이다. 그래서였을까. 박인환이 고향을 소재로 쓴 시는 「인제」와 6.25 한국전쟁 기간에 종군기자단 신분으로 고향 인제에 들렀을 때 지은 시 「고향에 가서」뿐이다.

박인환문학관은 생가 자리에 지어졌다. 나는 그 문학관이 처음 문을 열 무렵에 방문한 적이 있었다. 그때의 느낌을 솔직히 말하면 매우 혼란스러웠다. 전시실을 이 방 저 방 둘러보면 볼수록 박인환 시인이 마치 '인제의 시인'이 아니라 '명동의 시인'인 것처럼 느껴지도록 꾸렸다는 점이 무척 아쉬웠다. 그렇다면 박인환 시인은 '인제의 시인'일까? '서울 명동의 시인'일까? 정체성의 혼란이었다. 다행히 최근 다시 방문해 보니 시 「인제」

강원도 인제의 박인환문학관.

가 유리판에 새로 설치되어 있다든지… 하는 노력이 눈에 띄어 조금은 "그래, 박인환은 인제의 시인이지" 하고 인정하게 되었다.

나는 인제에서 태어났다. 일 년에 한두 번씩 지방순회 극단이 온다는 것이 내가 자라날 무렵의 마을 최대의 즐거운 일이며 그 다음에는 학교 운동회일 정도밖에 내 고향에서는 일이 없었다. 장마철 4, 5일간 비가 내리면 춘천에서 부터의 산길이 무너져 자동차는 근 한 달 가까이 통행하지 않아 교통 통신은 완전히 차단되고, 이것 뿐이랴, 말 뿐인 방파제는 아무 힘없이 파손되어 대홍수는 마을을 뒤덮어 나는 예배당 종각 위에 올라가 우리 집은 물론 소 돼지 사람들이 떠내려가던 것을 본 생생한 기억이 남아 있다.

— 박인환의 수필 「내 고향 자랑」 중에서

박인환 시인의 묘소가 있는 곳 – 망우리 공원

구름처럼 왔다가 바람같이 가 버린 시인 박인환이 저 세상에 살고 있는 곳은 이곳이다.

이는 명동 백작이라는 별칭으로 박인환 시인과 명동 시절을 함께했던 작가 이봉구가 망우리 공동묘지에 있는 박인환 묘소에 비를 세운 뒤 발표한 글의 첫머리이다. 그렇다. 어엿한 고향이 있는데도 시인은 아직까지 객지와 다름없는 망우리 공동묘지에 묻혀 있다. 물론 지금은 망우리공원으로 공동묘지의 이름은 바뀌었지만….

여러 해 전 『소파 방정환 평전』을 탈고한 후 망우리 공동묘지에 들렀을 때 처음으로 박인환 묘를 발견했다. 이후 해마다 한두 번씩 박인환 묘소를 찾는다. 대개는 아차산에서 출발하여 망우산으로 이어지는 종주 산행을 하는 때이다.

박인환의 묘는 찾기가 쉽지 않다. 애국지사 묘역과 반대쪽에 있는 오른쪽 길로 접어들어야 박인환의 묘가 나온다. 먼저 길 옆에 박인환의 시비가 있다. 비명碑銘은 '인생은 외롭지도 않고 그저 잡지의 표지처럼 통속하거늘 한탄할 그 무엇이 무서워서 우리는 떠나는 것일까?' 「목마와 숙녀」의 한 구절을 새긴 것이다. 이 시비 아래쪽에 박인환 묘가 있다. 보행로에서 100미터도 채 안 되는 거리지만 경사가 심하다. 나지막한 봉분 앞에는 '詩人朴寅煥之墓시인박인환지묘'라고 쓴 묘비가 있는데 묘비에는 「세월이 가면」의 한 구절 '지금 그 사람 이름은 잊었지만 그 눈동자 입술은 내 가슴에 있네'가 새겨져 있다. 무덤의 떼는 잘 살아 있지 않았고 양지 쪽도 아닌 바람맞이 장소여서 봉분은 메말라 있다. 박인환 시인의 시 구절처럼 '그저 잡지의 표지처럼 통속한' 느낌이 들었다.

이제 우리는 이 메마르고 외진 묘지에 누워 있는 시인이 진정으로 시詩에서 표현하고 싶어 했던 것을 찾아내야 한다. 주제넘은 생각일까? 박인환 시인이 죽은 지 60년이 지났는데도, 오랜 세월 동안 우리는 오로지 「목마와 숙녀」와 「세월이 가면」만으로 그를 기억한다. 그 작품은 노래를 위해 지은 가사에 불과한데도 말이다. 이제부터 박인환의 시가 제 평가를 받을 수 있도록 해야 한다.

그는 결코 「목마와 숙녀」의 시인이라거나 명동의 샹송 「세월이 가면」의 작사가 정도로 폄훼해도 좋을 시인이 아니다. 기교가 서툴고 목소리가 다듬어지지 않았지만 분명 적극적으로 사회 참여를 하려고 했고 시대의 고통을 외면하지 않기 위해 노력한 시인이다. 김기림에게서 시작한 모더니즘을 승계하고 이를 확대하려고 하다가 미처 성공하지 못하고 남긴 많은 숙제는 후배들이 풀어야 한다.

박인환 시인이 사망한 뒤 일주기를 맞이해 그와 함께 동인으로 활동하였던 김규동 시인의 추모시를 찾아 소개하는 것으로 '박인환 생애 여행'

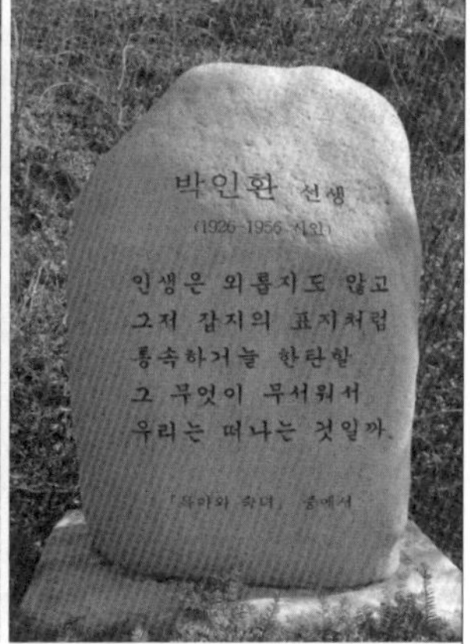

박인환의 묘(왼쪽)와 묘 입구의 박인환 시비.

을 마친다.

　나는 대학 졸업 후 잠시 김규동 시인이 발행하던 잡지사에서 근무한 적이 있다. 그때 김규동 시인은 대학을 갓 졸업한 내게 '잡지란 어떻게 만들어야 하는가' '좋은 시란 어떤 시인가'를 가르쳐 준 분이다. 김규동 시인 또한 지금은 고인이 되셨다.

어리석은 사나이 -

크렐의 어두운 영화에 나오는 사람처럼

큰 키를 하고

백주白晝, 초조히 쏘다니던 얼굴!

피차 바른 말 옳은 말 할 때가 없어도

남달리 뛰어난 생각과 재능을 가졌던 사람

어리석은 사나이여

분명히 그것은 역설이었다

이상李箱을 치켜 올리는가 하면

실상 오든과 스펜더를 좋아하며

쓸쓸한 거리에서 세월을 지우던

'검은 신神'과 목마木馬의 시인!

'휘가로' '세종로' '모나리자' '소공동'

기억에 떠오르는 찻집과 가로街路와

친구의 이름과 수많은 주점의

작은 이름들을 외워보리라.

그대 남긴 한 권의 시집이

거칠은 세상을 다녀갔다는

발자취로 남는 것이라 하겠지만

그보다 중한 건

그대 열렬한 청춘과 예술에의 꿈이었기에

고약한 세상에서

외로운 싸움을 싸우며

우리들 한 줄기 슬픔에 새삼 젖는다

어찌 평탄할 리가 있으랴.

우리의 처참한 삶의 풍속을

그대 아름다운 시구詩句가 표현했듯이

세기世紀의 한촌寒村!

한국의 하늘은 오늘도 어둡기만 하구나

그러나 잔인한 계절은

이윽고 죽은 땅에 꽃을 피우고

사랑스런 가족들처럼

우리들의 우정과 희망을 흥성케 하리니

죽은 사람이여

땅에 누운 시인이여

그대 영원한 의욕의 노래

고독의 광야曠野를 다사롭게 꾸미라.

— 김규동 「친구의 이름들」 전문(한국일보, 1957년 3월 19일)

글/사진 | 민윤기
민윤기 시인은 현재 월간 시인 발행인 겸 서울시인협회 회장이다.

박인환 시 목록 – 발표순

단층(1946.06.20. 순수시선)

거리(1946.12.)

인천항(1947.04.20. 신조선 개제3호)
인천항(1949.04.05. 새로운 도시와 시민들의 합창)

남풍(1947.07.01. 신천지 2-6호)
남풍(1949.04.05. 새로운 도시와 시민들의 합창)

사랑의 Parabola(1947.10.10. 새한민보 11호)
사랑의 Parabola(1955.10.15. 선시집)

나의 생애에 흐르는 시간들(1948.01.01. 세계일보)
나의 생애에 흐르는 시간들(1955.10.15. 선시집)

인도네시아 인민에게 주는 시(1948.02.01. 신천지 3-2호)

인도네시아 인민에게 주는 시(1949.04.05. 새로운 도시와 시민들의 합창)

지하실(1948.03.01. 민성 4-3호)

지하실(1949.04.05. 새로운 도시와 시민들의 합창)

고르키의 달밤(1948.04.20. 신시론 1집)

(동시) 언덕(1948.11.25. 자유신문)

전원시초(1948.12.15. 부인 17호)

전원(1955.10.15. 선시집)

열차(1949.03.25. 개벽 81호)

열차(1949.04.05. 새로운 도시와 시민들의 합창)

열차(1952.11.05. 현대한국문학수)

정신의 행방을 찾아(1949.03.26. 민성 5-4호)

1950년의 만가(1950.05.16. 경향신문)

회상의 긴 계곡(1951.06.02. 경향신문)

회상의 긴 계곡(1952.11.05. 현대한국문학수)

회상의 긴 계곡(1952.12.31. 한국시집 상권)

회상의 긴 계곡(1955.10.15. 선시집)

최후의 회화(1951.07.25. 신조 2호)

최후의 회화(1952.03.05. 애국시33인집)

최후의 회화(1952.11.05. 현대한국문학수)

최후의 회화(1954.02.05. 현대시인선집 하권)

최후의 회화(1955.10.15. 선시집)

무도회(1951.11.20. 경향신문)

무도회(1955.10.15. 선시집)

문제되는 것(1951.12.03. 부산일보)

문제되는 것(1955.10.15. 선시집)

검은 신이여(1952.02.15. 주간국제 3호)

검은 신이여(1952.12.31. 한국시집 상권)

검은 신이여(1955.06.25. 전시 한국문학선 시집)

검은 신이여(1955.10.15. 선시집)

서부전선에서(1952.05. 창궁)

서부전선에서(1955.10.15. 선시집)

신호탄(1952.05. 창궁)

신호탄(1955.10.15. 선시집)

종말(1952.06.01. 신경향)

종말(1952.11.05. 현대한국문학수)

종말(1955.10.15. 선시집)

약속(1952.06.25. 학우 2학년 2호)

미래의 창부(1952.07.15. 주간국제 10호)

미래의 창부(1955.10.15. 선시집)

바닷가의 무덤(1952.09.01. 재계 2호)

구름과 장미(1952.09. 학우 2학년 3호)

살아 있는 것이 있다면(1952.11.01. 수험생 2-3호)

살아 있는 것이 있다면(1955.10.15. 선시집)

자본가에게(1952.11.05. 현대한국문학수)

자본가에게(1955.10.15. 선시집)

낙하(1952.11.05. 현대한국문학수)

낙하(1955.10.15. 선시집)

세 사람의 가족(1952.12.31. 한국시집 상권)

세 사람의 가족(1955.10.15. 선시집)

서적과 풍경(1953.04.15. 민주경찰 32호)

서적과 풍경(1955.10.15. 선시집)

부드러운 목소리로 이야기할 때(1954.02.05. 현대시인선집 하권)

부드러운 목소리로 이야기할 때(1955.10.15. 선시집)

눈을 뜨고도(1954.03.01. 신천지 9-3호)

눈을 뜨고도(1955.06.20. 1954년 간시집)

눈을 뜨고도(1955.10.15. 선시집)

미스터 모의 생과 사(1954.03.01. 현대예술 창간호)
미스터 모의 생과 사(1955.10.15. 선시집)

불행한 샹송(1955.10.15. 선시집)

봄은 왔노라(1954.03.01. 신태양 3-3호)

밤의 미매장(1954.06.01. 현대예술 2호)
밤의 미매장(1955.10.15. 선시집)

센티맨털 저니(1954.07.01. 신태양 3-7호)
센티멘털 저니(1955.06.20. 1954년 간시집)
센티멘털 저니(1955.10.15. 선시집)

가을의 유혹(1954.09.15. 민주경찰 43호)
가을의 유혹(1976.03.10. 목마와 숙녀)

행복(1955.02.17. 동아일보)
행복(1955.06.25. 전시 한국문학선 시편)
행복(1955.10.15. 선시집)

봄 이야기(1955.04.01. 아리랑 1-2호)

아메리카시편 새벽 한 시의 시(1955.05.14. 한국일보)
아메리카시편 충혈된 눈동자(1955.05.14. 한국일보)

새벽 한 시의 시(1955.10.15. 선시집)

충혈된 눈동자(1955.10.15. 선시집)

주말(1955.05.20. 시작 4집)

목마와 숙녀(1955.06.20. 1954년 연간시집)

목마와 숙녀(1955.10.09. 시작 5집)

목마와 숙녀(1955.10.15. 선시집)

여행(1955.07.01. 희망 5-7호)

여행(1955.10.15. 선시집)

태평양에서(1955.07.01. 희망 5-7호)

태평양에서(1955.10.15. 선시집)

어느 날(1955.07.01. 희망 5-7호)

어느 날(1955.10.15. 선시집)

아메리카시편 수부들(1955.08.01. 아리랑 1-6호)

수부들(1955.10.15. 선시집)

에버렛의 일요일(1955.08.01. 아리랑 1-6호)

에버렛의 일요일(1955.10.15. 선시집)

15일간(1955.10.01. 신태양 4-10호)

십오일간(1955.10.15. 선시집)

영원한 일요일(1955.10.15. 선시집)

일곱 개의 층계(1955.10.15. 선시집)

기적인 현재(1955.10.15. 선시집)

불행한 신(1955.10.15. 선시집)

밤의 노래(1955.10.15. 선시집)

벽(1955.10.15. 선시집)

불신의 사람(1955.10.15. 선시집)

1953년의 여자에게(1955.10.15. 선시집)

의혹의 기(1955.10.15. 선시집)

어느 날의 시가 되지 않는 시(1955.10.15. 선시집)

다리 위의 사람(1955.10.15. 선시집)

투명한 버라이어티(1955.10.15. 선시집)

어린 딸에게(1955.10.15. 선시집)

한 줄기 눈물도 없어(1955.10.15. 선시집)

잠을 이루지 못하는 밤(1955.10.15. 선시집)

검은 강(1955.10.15. 선시집)

고향에 가서(1955.10.15. 선시집)

새로운 결의를 위하여(1955.10.15. 선시집)

식물(1055.10.15. 선시집)

서정가(1955.10.15. 선시집)

장미의 온도(1955.10.15. 선시집)

구름(1955.10.15. 선시집)

무희가 온다 하지만(1955.11.01. 지방행정 4-11호)

하늘 아래서(1956.01.15. 코메트 18호)

환영의 사람(1956.02.15. 민주경찰 60호)

인제(1956.03.11. 조선일보)

세월이 가면(1956.03.12. 주간 희망 12호)

세월이 가면(1956.04.13. 주간 희망 16호)

세월이 가면(1956.06.01. 아리랑 2-6호)

세월이 가면(1976.03.10. 목마와 숙녀)

죽은 아폴론(1956.03.12. 한국일보)

세토 내해(1956.04.01. 문학예술 3-4호)

침울한 바다(1956.04.01. 현대문학 2-4호)

이국 항구(1956.04.07. 경향신문)

옛날의 사람들에게(1956.04.07. 한국일보)

5월의 바람(1956.05.01. 학원 5-5호)

3.1절의 노래(1957.04.01. 아리랑 3-4호)

거리(1946.12.)

이 거리는 환영한다(1976.03.10. 목마와 숙녀)

어떠한 날까지(1952.11.20.)

* 『박인환선시집』 1955년 10월 15일 발행.

* 시 제목 중에서 중복된 작품은 두 번 이상 발표한 작품임.

박인환 연보

1926년 ——————

8월 15일　　강원도 인제군 인제읍 상동리 159번지에서 박광선과 함숙형 사
이의 4남 2녀 중 장남으로 출생(본관, 밀양 박씨).

1933년(7세) ——————

인제공립보통학교 입학.

1936년(10세) ——————

서울시 종로구 내수동으로 이사했다가 다시 종로구 원서동
134-8로 이사(덕수공립보통학교 4학년 편입).

1939년(13세) ——————

3월 18일　　덕수공립보통학교 졸업, 4월 2일 경기공립중학교(5년제) 입학.

1940년(14세) ─────

　　　　　　원서동 215번지로 이사.

1941년(15세) ─────

3월 16일　　　경기공립중학교 중퇴, 한성학교 야간부로 전학.

1942년(16세) ─────

　　　　　　황해도 재령에 있는 명신중학교 4학년에 편입.

1944년(18세) ─────

　　　　　　명신중학교 졸업. 관립 평양의학전문학교(3년제) 입학

　　　　　　(당시에는 의과, 이공과, 농수산과 전공자는 징병에서 제외).

1945년(19세) ─────

　　　　　　8.15 광복 후 학업을 중단하고, 종로 3가 2번지 낙원동 입구에
　　　　　　서점 '마리서사' 개업.

1946년 (20세) ─────

12월　　　　　국제신보 주간 송지영의 추천으로 「거리」를 발표하면서 등단
　　　　　　(그러나 국제신보의 전신인 산업신문은 1947년에 창간되었기 때문에
　　　　　　근거가 불분명함).

1948년(22세) ─────

　　　　　　'마리서사' 폐업.

4월　　　　　덕수궁에서 이정숙과 결혼. 김경린, 양병식, 김수영, 임호권, 김

병욱 등과 함께 동인지 '신시론' 제1집 발간. 자유신문사 입사.

12월 8일   장남 세형 출생.

1949년(23세)

김경린, 김수영, 임호권, 양병식과 함께 5인 합동 시집 『새로운 도시와 시민들의 합창』 발간.

7월 16일   국가보안법 위반 혐의로 내무부 치안국에 체포되었다가 석방. 경향신문 입사. 동인 중 김수영, 양병식, 임호권이 빠지고 이한직, 조 향, 이상로 등이 새로 가담한 '후반기' 동인 결성.

1950년(24세)

9월 25일   장녀 세화 출생. 6.25 발발 후 9.28 서울 수복 때까지 지하생활을 하다가 12월 8일 대구로 피난.

1951년(25세)

5월   육군 소속 종군작가단에 참여.

10월   경향신문 본사가 부산으로 내려오자 부산에서 기자생활. 부산시 광복동에서 피난 생활.

1952년(26세)

6월 16일   경향신문사 퇴사 후 대한해운공사 입사.

1953년(27세)

3월   '후반기' 동인과 함께 '이상李箱 추모의 밤' 시낭송회 개최.

5월 31일   차남 세곤 출생. 7월 중순 경 서울 옛집으로 돌아옴. 서울 돌아

오기 직전 부산에서 '후반기' 해산. 김규동, 이봉래, 이진섭,오
종식, 허백년, 유두연 등과 함께 '영화평론가협회' 발족.

1955년(29세) ───────

3월 5일   대한해운공사의 화물선 '남해호'의 사무장으로 승선, 미국 여
행(3월22일 미국 워싱턴 주 올림피아항 도착).

4월10일   귀국.

10월15일   대한해운공사 퇴사. 『박인환선시집』(산호장) 출간. 아시아재단
주관 '자유문학상' 후보에 오르지만 수상 못함.

1956년(30세) ───────

3월 17일   '이상 추모의 밤' 개최.

3월 20일   3일간의 폭음 끝에 저녁 9시 심장마비로 사망.

9월 19일   망우리 묘소에 박인환 시비 건립.

1976년(20주기) ───────

장남 세형이 시집 『목마와 숙녀』(근역서재) 출간.

1982년(26주기) ───────

김규동,김경린 등이 추모 문집 『세월이 가면』 출간.

1986년(30주기) ───────

『박인환전집』(문학세계사) 출간.

2000년(44주기) ———

'박인환문학상' 제정.

2005년(49주기) ———

『한국대표시인101인선집 – 박인환』(문학사상사) 출간.

2006년(50주기) ———

『사랑은 가고 과거는 남는 것』– 박인환전집(문승묵 편, 예옥) 출간. 『박인환 깊이 읽기』(맹문재 편, 서정시학) 출간.

2015년(59주기) ———

8월 15일 　『박인환 문학전집1』(엄동섭, 염철 편, 소명출판) 출간.

2016년(60주기) ———

3월 25일 　『박인환全시집 검은 준열峻烈의 시대』(민윤기 편, 스타북스) 출간.

2021년(65주기) ———

5월 27일 　'망우리프로젝트'를 주요 사업으로 중랑문화재단은 인제군문화재단과 지역 간 문화진흥을 위한 상호협력체계를 구축하고자 중랑문화재단에서 업무협약MOU을 체결.

2025년(69주기) ———

3월 20일 　인제군문화재단(이하 재단)은 14일부터 20일까지 박인환 시인 추모행사 진행.

8월 30일	인제군에서 박인환 문학축제 인제 하늘내린센터 대공연장에서 '박인환 마리서사 칸타타' 공연.
9월 13일	박인환상 수상자 시부문 박철 시인, 문학 이재은 평론가, 영화 평론 장지애 평론가.
9월 22일	인제군문화재단은 박인환 시인의 문학 세계를 기리는 '그리고' 시 그림 공모전.
10월 17일	제25회 박인환문학상에 영월출신 이재훈 시인 수상.

박인환 전시집

초판 인쇄 2025년 12월 30일
초판 발행 2026년 1월 5일

지은이 박인환
펴낸이 김상철
발행처 스타북스
등록번호 제300-2006-00104호
주소 서울시 종로구 종로 19 르메이에르종로타운 A동 907호
전화 02) 735-1312
팩스 02) 735-5501
이메일 starbooks22@naver.com
ISBN 979-11-5795-786-6 03810